Miraculous
Ladybug & Cat Noir
Der Film

MIX
Papier | Fördert gute Waldnutzung
FSC® C111262
www.fsc.org

1 3 5 4 2

Originalausgabe

ZAG

Text: Edina Eidner

Printed in Germany

ISBN 978-3-473-49696-9

ravensburger.com

Miraculous
Ladybug & Cat Noir
Der Film

Ravensburger

Prolog

„Ich bin Meister Fu, Hüter der Miraculous – geheimnisvolle Schmuckstücke mit ungeahnten Kräften, die alles um uns herum beeinflussen. Im Laufe der Geschichte wurden diese Schmuckstücke an Heldinnen und Helden verschenkt, um die Welt zu beschützen, und es ist meine Schuld, dass nun eines von ihnen fehlt: Das Schmetterlings-Miraculous ist in unwürdige Hände geraten. Es wird Akumas erschaffen, dunkle Schmetterlinge, die jeden, der auch nur den Hauch von Wut in sich verspürt, in ein schreckliches Monster verwandeln können. Es ist meine Pflicht, auf den Tag zu warten, an dem es zuschlagen wird. Denn dieser Tag wird die einzigen beiden Wächter erwecken, die es aufhalten können: Ladybug und Cat Noir, die Träger der ultimativen Macht – einer Macht, die sogar stärker ist als der Tod."

HOTEL
Restaurant

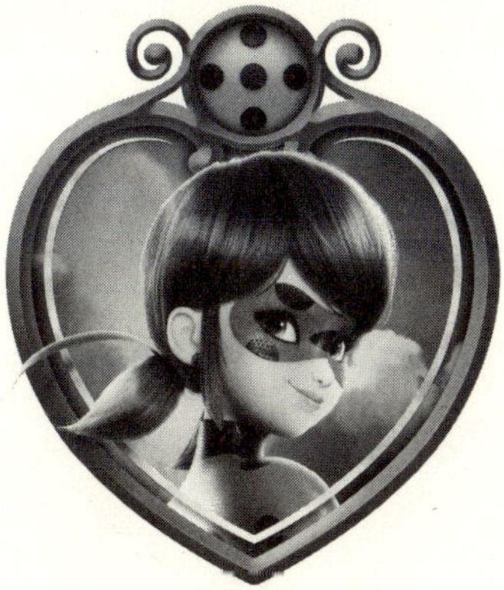

Kapitel 1

Der Wecker schrillte laut und erbarmungslos. Marinette schlug ihn mit ihrer Hand vom Nachttisch und warf dabei eine Lampe um, die ihr unsanft auf den Kopf fiel. Das fängt ja schon gut an, dachte sie frustriert. Sie warf die Bettdecke zurück und stieß einen tiefen Seufzer aus. Der Tag, vor dem sie sich so lange gefürchtet hatte, war gekommen.

Sie schleppte sich in die Dusche, wo die Duschvorhänge in einer kalten Umarmung förmlich an ihr klebten. Danach verbrachte sie eine gefühlte Ewigkeit damit, das richtige Outfit für den bevorstehenden Tag auszusuchen. Als sie nach einem ihrer Lieblingsoberteile griff, löste sich plötzlich die Kleiderstange, und ihre Klamotten fielen in einem großen Haufen zu Boden. Marinette wunderte sich nicht einmal darüber. Der erste Schultag war immer ein Unglückstag. Da fiel ihr Blick auf ihr Skizzenbuch, und zum ersten Mal an diesem Morgen zeichnete sich ein winziges Lächeln auf ihrem Gesicht ab. Sie erinnerte sich an die letzten Ferienwochen zurück, in denen sie unablässig Skizzen entworfen und Ideen für neue Outfits gesammelt hatte. Ihr Skizzenbuch war ihr bester – und einziger – Freund. Vielleicht brauchte sie gar nicht mehr. Sie musste es nur irgendwie durch diesen Tag schaffen.

Marinette stolperte die Treppe hinunter und fand ihre Eltern wie üblich in der hauseigenen Bäckerei. Ihr Vater wackelte mit einem frischen Croissant vor ihrer Nase herum und säuselte mit verstellter Stimme: „Hallo, Marinette, warum isst du mich nicht? Ich bin super knusprig und butterig, versprochen! Nur einen Bissen, biiiitteeee!“

Marinette verdrehte genervt die Augen. „Papa, hör auf! Was glaubst du, wie alt ich bin?“

„Komm schon, Marinette, was ist los? Geht es darum, wieder zur Schule zu gehen?“, schaltete sich nun auch ihre Mutter ein.

„Du wirst mit all deinen Freunden zusammen sein“, versuchte Marinettes Vater sie weiter aufzumuntern. Doch damit hatte er einen wunden Punkt getroffen.

„Wie oft muss ich es euch noch sagen?! Ich habe keine Freunde“, fuhr sie ihre Eltern an. „Ihr wisst nicht, wie es ist, ich zu sein. Ich bin einfach nutzlos“, fügte sie leise hinzu.

„Da wäre ich mir nicht so sicher“, sagte Marinettes Mutter und hielt ihr eine Zeichnung unter die Nase – es war eine von ihren Skizzen!

Marinette riss erstaunt die Augen auf. „Wo hast du die her? Aus meinem Zimmer? Sie ist sowieso nicht gut …“

„Gib nicht auf, Schatz. Man weiß nie, was das Leben für einen bereithält.“

Marinette seufzte und setzte zum Gehen an. Dabei blieb sie am Tischtuch hängen, das vom Tisch glitt und das Gedeck mit sich herunterriss. Mit lautem Scheppern zerbrach alles auf dem Boden.

„Ich glaube, ich weiß es“, sagte Marinette traurig. Dann schob ihr Vater sie auch schon mit einem breiten, aufmunternden Lächeln aus dem Laden.

Kurze Zeit später fand sich Marinette inmitten des morgendlichen Trubels von Paris wieder. An jeder Ecke bereiteten sich Straßenverkäufer auf den Markt vor und versuchten, Marinettes Aufmerksamkeit zu gewinnen, um ihr die vielen Köstlichkeiten zu zeigen: Käse, Fleisch, Fisch, Süßes. Die Luft war erfüllt von den verschiedensten Gerüchen, Bienen schwirrten um bunt blühende Blumensträuße, und überall wimmelte es nur so von geschäftstüchtigen Menschen. So freundlich sie auch alle waren – für Marinette fühlte es sich wie ein Spießrutenlauf an. Sie sehnte sich nach der Sicherheit ihres Zimmers, dem beruhigenden Geräusch ihres Bleistifts, wenn er über die Seiten ihres Skizzenbuchs glitt.

Marinette liebte Paris und alles, was ihre Heimatstadt zu bieten hatte. Doch gleichzeitig versetzte ihr der Anblick all der Geschäfte mit ihren schön dekorierten Schaufenstern auch einen Stich. Die Menschen hinter den Glasscheiben schienen genau am richtigen Platz und so glücklich mit dem zu sein, was sie taten. Ein Mitarbeiter lächelte ihr freundlich zu, und Marinette blieb für einen kurzen Moment stehen. Ihre Augen weiteten sich vor Bewunderung, als sie die im Schaufenster ausgestellten Kleidungsstücke sah – designt von ihrem größten Idol Gabriel Agreste. Ihre Gedanken wanderten zu dem Skizzenbuch in ihrer Tasche. Wie oft hatte sie sich schon ausgemalt, ihre eigenen Entwürfe verwirklicht zu sehen, *gesehen* zu werden als eine Person, die mehr draufhatte, als tollpatschig zu sein. Wenn es doch nur so einfach wäre, an sich selbst zu glauben!

Eine erneute Welle von Selbstzweifeln überrollte sie und ließ einen pochenden Gedanken zurück: Was hatte sie überhaupt drauf?

HOTEL
Restaurant

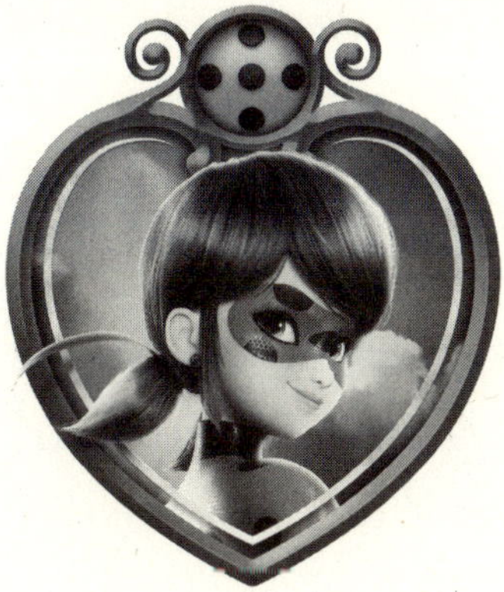

Kapitel 2

Marinette erblickte die anderen Schülerinnen und Schüler schon von Weitem. In dichten Trauben standen sie vor der Schule und tuschelten aufgeregt miteinander. Nach den Ferien hatten sie sich bestimmt jede Menge zu erzählen. Marinettes freie Wochen ließen sich dagegen schnell zusammenfassen: Sie hatte in ihrem Zimmer gesessen und unablässig an ihren Skizzen gearbeitet. Ihre Eltern wunderten sich inzwischen nicht einmal mehr, wenn sie sie tagelang nicht zu Gesicht bekamen.

Je näher Marinette den anderen kam, desto mehr Gesprächsfetzen schnappte sie auf. Alle wirkten so fröhlich, was Marinettes Unbehagen nur verstärkte.

Kurz stellte sie sich vor, wie es wäre, wenn sie sich einfach zu ihnen gesellen würde – neues Schuljahr, neues Glück. Doch Marinette wusste, wie das enden würde, und deshalb war ihr Plan, möglichst unauffällig in das Schulgebäude zu gelangen.

Das konnte schwierig werden: Am Fuß der großen Treppe vor dem Eingang standen Chloé und Sabrina. Ausgerechnet die! Chloé war wie immer von Kopf bis Fuß in Designerklamotten gekleidet. Sie rückte die Sonnenbrille zurecht, die in ihren hellblonden Haaren steckte, und gab Sabrina offensichtlich gerade ein paar Anweisungen.

„Ich habe versprochen, ihn herumzuführen. Wenn alles nach Plan läuft, wird er mich im Dezember zum Ball begleiten. Alles muss nach Plan laufen, okay, Sabrina?!“, hörte Marinette sie sagen. Wie hielt Sabrina das nur aus? Die wiederum nickte eifrig und machte sich eine Notiz auf dem Block, den sie in ihren Händen hielt.

Marinette näherte sich den beiden vorsichtig von der

Seite. Vielleicht gelang es ihr, unbemerkt an ihnen vorbeizuschlüpfen.

Sie ließ Chloé nicht aus den Augen, die nun einen Schluck aus dem Becher in ihrer Hand nahm. Marinette war so fokussiert, dass sie nicht bemerkte, wie Nino mit seinem Skateboard auf sie zubretterte.

„Vorsicht!“, rief er. In letzter Sekunde wich Marinette ihm aus, rempelte dabei aber Chloé an, deren Getränk im Becher überschwappte. Ein Tropfen landete auf ihrem makellosen Designerpulli und hinterließ dort einen dunklen Fleck. Sie schnappte hysterisch nach Luft.

„Du. Hast. Gerade. Meinen. Gabriel-Agreste-Pullover. RUINIERT! Du …“, zischte sie Marinette an und packte sie am Kragen. Alles um sie herum war mit einem Mal mucksmäuschenstill geworden – alle warteten gespannt, was als Nächstes passieren würde. Marinette blickte geradewegs in Chloés wutverzerrtes Gesicht.

„Es tut mir so, so …“, setzte sie zu einer Entschuldigung an.

„Du bist so, so …“, fauchte Chloé und verstärkte ihren Griff um Marinettes Kragen.

Bevor Marinette überlegen konnte, was sie sagen oder tun sollte, ertönte ein lautes Räuspern. Sie folgte Chloés Kopfbewegung und blickte geradewegs in eine Handykamera. Ein Mädchen mit braunroten Haaren und Brille filmte sie.

„Oh, wegen mir musst du nicht aufhören", sagte es an Chloé gerichtet. „Ich bin nur eine Fliege an der Wand."

Marinette kam das Mädchen nicht bekannt vor. Doch wie es aussah, verdankte sie ihm ihr Leben, denn von einer Sekunde auf die andere veränderte sich Chloés Gesichtsausdruck.

„… meine zukünftige neue beste Freundin", vollendete die ihre zuvor begonnene Drohung. „Es ist ja nur ein unbezahlbarer Kaschmirpulli." Sie ließ Marinette los. „Komm, Sabrina, lass uns in den Unterricht gehen. Wir haben viel zu lernen."

Mit diesen Worten entfernten sich Chloé und Sabrina, und auch die anderen wandten sich wieder ab. Nur das Mädchen mit den rötlichen Haaren blieb zurück.

„Das wäre nicht nötig gewesen", murmelte Marinette verlegen.

„Oh“, sagte die Fremde und zog die Augenbrauen hoch. „Hätte ich eine Wartenummer ziehen sollen, weil die Schlange von Freunden, die dir helfen wollten, so lang war?“

Marinette wusste nicht, was sie darauf sagen sollte.

„Ich mach nur Spaß“, fügte das Mädchen hinzu, und ein freundliches Lächeln erhellte ihr Gesicht. „Ich heiße Alya.“

Marinette erwiderte das Lächeln schüchtern. „Marinette Dupain-Cheng.“

Beim Klang von Marinettes Namen schien Alya ein Licht aufzugehen. „Du hast hier einen Ruf“, erklärte sie. „Ein Magnet für Katastrophen? Da kann man sich auf dich verlassen. Manche müssen sich anstrengen, um so oft auf die Nase zu fallen.“

„Ich bemühe mich“, sagte Marinette und korrigierte sich sofort. „Ich bemühe mich, es *nicht* zu tun. Aber vielleicht hältst du besser Abstand.“

„Machst du Witze?“ Alya lachte. „Ich lebe für Action! Ich glaube, du und ich sind füreinander bestimmt. Solange es okay für dich ist, mit dem komischen Mädchen und ihrem Handy gesehen zu werden.“

Marinette war erneut sprachlos. Sie wusste nicht, wie es war, mit jemandem gesehen zu werden, weil ihr normalerweise immer alle aus dem Weg gingen. *Sie* war das komische Mädchen.

„Also, kommst du?", riss Alya sie aus ihren Gedanken und wies mit dem Kopf zur Eingangstür.

Marinettes Glück hielt nicht lange an. Im Musikunterricht brachte sie keinen einzigen geraden Ton aus der Flöte, in der Sportstunde stürzte sie vom Schwebebalken und in Chemie sprengte sie beinahe das ganze Klassenzimmer in die Luft. Spätestens jetzt musste Alya doch erkennen, dass Marinette zu nichts taugte. Doch zu ihrer Überraschung schreckten Alya Marinettes Missgeschicke nicht ab, sondern schienen sie eher zu faszinieren.

„Das ist so cool!", rief sie zum Beispiel, während Marinette nach der Miniexplosion in Chemie immer noch unter Schock stand.

Hatte sie etwa tatsächlich eine Freundin gefunden?

Nach Unterrichtsende verließen beide gemeinsam das Klassenzimmer.

„Halt die Ohren steif und ruf mich an, okay?“, verabschiedete sich Alya.

„Äh, ja, bis bald …“, stammelte Marinette.

Während sie den langen Korridor entlangging, versuchte sie den starrenden Blicken der anderen auszuweichen. Vereinzelt hörte Marinette sie flüstern und über sie herziehen.

„Es ist, als würde sie es absichtlich tun“, sagte eine Schülerin verächtlich.

„Sie ist wahnsinnig tollpatschig“, kam es aus einer anderen Richtung.

Marinette war daran gewöhnt. Es war lange nicht so schlimm wie …

„Hey, *Marinella,* warum flechten wir uns nach der Schule nicht gegenseitig die Haare? Dann könnte ich dich damit erwürgen!“, ertönte plötzlich Chloés Stimme hinter ihr.

Marinettes Herz machte einen Satz, als sie sich umdrehte und Chloé mit wütendem Blick auf sich zukommen sah. Egal, wie sehr sie sich bemühte, Chloé aus dem Weg zu gehen: Es war klar, dass sie ihr früher oder später wieder allein begegnen würde. Und jetzt war keine Kamera in der Nähe, vor der sie die freundliche Mitschülerin spielen musste. Marinette kannte Chloé nämlich gut genug, um zu wissen, dass sie niemals einen ruinierten Agreste-Pullover auf sich beruhen lassen würde.

Da kam Marinette spontan eine rettende Idee.

„Moment mal, trägt da etwa noch jemand einen Gabriel-Agreste-Pulli?", sagte sie und spähte über Chloés Schulter hinweg in den Gang.

„Wer wagt es?!", rief Chloé wütend und wandte sich um, um nach der vermeintlichen Person Ausschau zu halten.

Marinette nutzte die Gelegenheit und rannte davon.

Restaurant

HOTEL
Restaurant

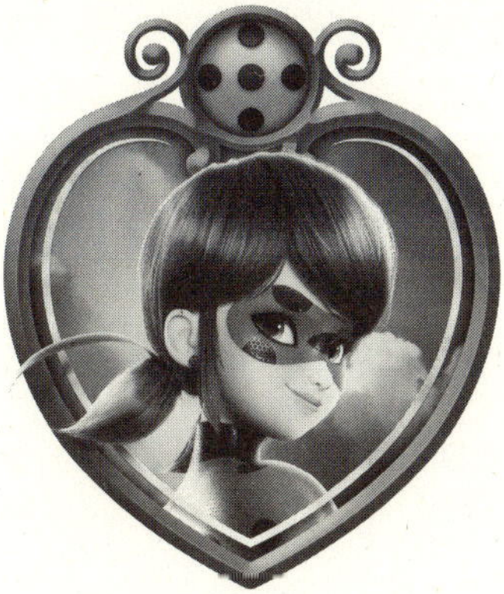

Kapitel 3

„Du kannst mir nicht entkommen, *Marinella*“, hörte sie Chloé rufen.

Sie war ihr dicht auf den Fersen, das spürte Marinette. Sie musste ein gutes Versteck finden, und zwar schnell! Da fiel ihr Blick auf den Eingang zur Schulbibliothek. Sie quetschte sich entschuldigend an einer Gruppe von Schülern vorbei und schlüpfte kurzerhand hinein. In letzter Sekunde versteckte sie sich keuchend hinter einem der Bücherregale.

Vorsichtig spähte sie um die Ecke und sah, wie Chloé an

der Bibliothek vorbei- und weiter den Korridor entlangeilte. Die großen hölzernen Türen schlossen sich langsam und ließen Marinette in rauschender Stille allein zurück. Sie blickte sich um: Es war ein riesiger Saal mit Abertausenden von Büchern. Unzählige Regale aus dunklem Holz reihten sich meterhoch aneinander und bildeten kleine Gänge, die alle in einen großen Gang in der Mitte des Saals mündeten. Sicherlich gab es hier irgendwo einen Notausgang, *oder?*

Jetzt, wo sie Chloé fürs Erste entkommen war, verließen Marinette plötzlich die Kräfte, und sie sank verzweifelt gegen eines der Bücherregale.

„Mein Leben ist vorbei. Ich werde Paris verlassen müssen … meinen Namen ändern … meine Haare färben … ich brauche ein bisschen Glück … bitte!", flehte sie innerlich, und eine Träne rollte ihre Wange hinunter.

Da hörte sie plötzlich ein Geräusch. Über ihrem Kopf zog jemand von der anderen Seite ein Buch aus dem Regal. Marinette richtete sich auf und spähte durch die entstandene Lücke zwischen den Büchern. Ein strahlend grünes Augenpaar blickte ihr entgegen. Die Person auf der anderen Seite trat überrascht einen Schritt zurück, und Marinette erkannte, dass es ihr neuer Mitschüler Adrien war. Blonde Haare umrahmten sein gut aussehendes, aber etwas verwirrt dreinblickendes Gesicht. In seinen Ohren steckten Kopfhörer, die er nun herausnahm.

„Alles okay?“, fragte er besorgt.

„Mit mir?“, erwiderte Marinette.

„Weinst du?“, fragte er weiter.

„Was? Nein!“

Marinette wischte sich schnell mit der Hand übers Gesicht. „Ich habe … ähm … eine Allergie! Hier drin sind ziemlich viele Pollen.“ Sie sah sich um und schlug sich innerlich mit der Hand gegen die Stirn. *Pollen in einer Bibliothek?*

„Ich meine, nicht Pollen. Sondern Schmutz. Staub! Ich hab was in die Augen bekommen“, ergänzte sie und spürte, wie ihr die Hitze in die Wangen stieg. Was für ein peinlicher Auftritt!

Adrien musterte sie einen Moment, dann zuckte er mit den Schultern und ging in Richtung der großen Tische in der Mitte des Saals. Mit dem Rücken zu ihr setzte er sich, steckte sich seine Kopfhörer zurück in die Ohren und blätterte in seinem Buch. Marinette beobachtete ihn fasziniert. Warum er wohl allein hier war? Sicher nicht, um sich wie sie zu verstecken. Vorsichtig schlich sie um ihr Regal herum und lehnte sich an einen kleinen Bücherwagen, der unweit von Adriens Tisch stand. Verträumt blickte sie zu ihm, als sich der Wagen unter ihrem Gewicht plötzlich in Bewegung setzte und sie mit einem lauten *Plumps* zu Boden fiel. Einzelne Bücher rutschten aus dem Regalbrett über ihr und landeten polternd auf ihrem Kopf.

„Bist du sicher, dass alles okay ist?", rief Adrien und sprang auf. Im nächsten Moment stand er auch schon vor ihr.

„Brauchst du Hilfe?", fragte er und streckte ihr seine Hand entgegen.

Marinette betrachtete sie, als hätte sie noch nie zuvor eine Hand gesehen. Dann ließ sie sich von ihm aufhelfen. Marinette war wie verzaubert. Er hatte längst losgelassen, doch noch immer konnte sie die Berührung spüren, als hätte sich ein unsichtbarer Schleier um ihre Hand gelegt. Als sie sich bedanken wollte, war er verschwunden.

„Warte! Denkst du, wir sollten …? Hallo?“, rief sie.

Doch die Türen der Bibliothek schlossen sich bereits.

HOTEL
Restaurant

Kapitel 4

Adrien trat auf den Korridor und rückte seine Kopfhörer zurecht. Was war das für eine merkwürdige Begegnung gewesen? Er war sich ziemlich sicher, dass das Mädchen in der Bibliothek geweint hatte, und sie stammelte ganz schönen Unsinn. Aber irgendwie fand er sie sympathisch. Und süß.

Adrien dachte gerade darüber nach, wie sie zu Boden gefallen und gegen das Bücherregal gestoßen sein musste, als er selbst gegen etwas stieß.

Gegen *jemand*.

„Hey, Bro! Wo warst du?“, fragte Nino. Unter dem Arm trug er sein Skateboard.

„Musste ein paar Hausaufgaben nachholen … in der Bibliothek“, antwortete Adrien.

Nino warf ihm einen skeptischen Blick zu. „In der Bibliothek? Alles klar … hör mal, du weißt, dass ich jederzeit für dich da bin, oder?“

In Adrien stieg ein unbekanntes Gefühl hoch. Für ihn war alles neu an dieser Schule. Die Jahre des Privatunterrichts hatten ihn auf vieles vorbereitet – nur nicht auf den Kontakt zu gleichaltrigen Leuten. Dass sich jemand für ihn interessierte, sich um ihn sorgte, war ihm fremd. Wie viel Mühe es ihn gekostet hatte, seinen Vater zu überzeugen, wie alle anderen auf eine normale Schule gehen zu dürfen! Und wie anders er sich trotz allem fühlte.

Nino musterte Adrien, dann hatte er eine Idee. „Morgen eröffnet der Jahrmarkt, du solltest mitkommen! Kein Aber, das wird ein Riesenspaß! Vertrau mir, es wird dir guttun, du wirst schon sehen. Es gibt auch ein paar coole neue Fahrgeschäfte!“

Bevor Adrien antworten konnte, tauchte plötzlich wie

aus dem Nichts eine schrankgroße Gestalt hinter ihnen auf.

„Monsieur Agreste“, brummte sie. Es war Adriens Bodyguard.

Nino zuckte vor Schreck zusammen. „Hab den Frankenstein hinter mir nicht gesehen“, witzelte er.

„Bis dann“, sagte Adrien und folgte seinem Bodyguard aus dem Schulgebäude.

„Vergiss den Jahrmarkt morgen nicht!“, hörte er Nino noch hinter sich herrufen.

Vor der Schule wartete schon die schicke Limousine seines Vaters. Adrien ließ sich auf den Rücksitz fallen – gegenüber von Nathalie, der Assistentin seines Vaters.

„Wie war dein erster Tag, Adrien?“, fragte sie.

„Gut, danke der Nachfrage“, antwortete er.

„Und … hast du Freundschaften geschlossen?“, hakte sie weiter nach.

Adrien fiel sofort wieder das Mädchen aus der Bibliothek ein. Sie war witzig. Und etwas seltsam. Aber süß. Und Nino schien ebenfalls ganz nett zu sein.

„Na ja, ich habe …“, fing er an, doch dann unterbrach er sich. Er hielt es für besser, seine neuen Bekanntschaften geheim zu halten. Wer wusste schon, was passierte, wenn sein Vater davon erfuhr. Am Ende würde er Adrien nur wieder dazu verdonnern, zu Hause zu bleiben.

„Nein, habe ich nicht“, antwortete Adrien daher, „ich bleibe lieber allein.“

„Nun, heute Abend wirst du nicht allein sein. Du isst mit deinem Vater zu Abend“, verkündete Nathalie mit einem aufmunternden Lächeln.

„Wirklich? Mein Vater ist da?“, fragte Adrien ungläubig.

Sein Vater, Gabriel Agreste, war der erfolgreichste Modedesigner von Paris. Die ganze Welt verfolgte sein kreatives Schaffen, seine Entwürfe, seine Kollektionen, und meistens war sein Vater auch in der ganzen Welt unterwegs. Wenn er nicht gerade irgendwo Neuheiten präsentierte, verschanzte er sich üblicherweise in seinem Büro. Jeder kannte seinen Vater – nur Adrien hatte das Gefühl, ihn überhaupt nicht mehr zu kennen. Deshalb wollte er sich über Nathalies Ankündigung auch nicht zu früh freuen. Bislang hatte es sein Vater noch immer geschafft, ihn zu enttäuschen.

* * *

Im berühmtesten Museum von Paris beugten sich Gabriel Agreste und der Museumsdirektor über einen Tisch und betrachteten fasziniert einen kleinen funkelnden Gegenstand. Der Louvre beherbergte viele Schätze, doch für Gabriel Agreste war keiner davon so wertvoll wie dieses besondere Schmuckstück. Es hatte die Form eines Schmetterlings … oder einer Motte.

„Ich habe Sie sofort angerufen, als es reinkam", sagte der Museumsdirektor. „Um ehrlich zu sein, habe ich noch nie etwas dergleichen gesehen. Es lässt mich schaudern … Ist es das, was Sie im Sinn hatten?"

Gabriel Agreste, der seine Augen keine Sekunde von dem seltsamen Gegenstand ließ, antwortete nur: „Es übertrifft alle meine Erwartungen."

* * *

Den Nachmittag hatte Adrien wie üblich allein in seinem Zimmer verbracht. Er konnte nichts gegen die aufkeimende Hoffnung tun, vielleicht tatsächlich mit seinem Vater zu Abend zu essen. Sein Vater war alles, was Adrien seit dem Tod seiner Mutter an Familie geblieben war, und er vermisste das Gefühl, eine Familie zu haben. Jemandem von seinem Tag, von seinen Ängsten und von seinen Sorgen erzählen zu können. Natürlich wusste er, dass sein Vater vermutlich niemals diese Person sein würde, aber ein gemeinsames Abendessen wäre immerhin ein Anfang.

Ein Stockwerk tiefer hörte er plötzlich seinen Vater durch die Eingangstür kommen. Er erkannte ihn an seinen Schritten. Adrien lief schnurstracks auf die Treppe zu, als er die Stimmen von Nathalie und seinem Vater vernahm. Die beiden standen unten im Foyer und bemerkten ihn nicht. Adrien hielt inne und lauschte.

„Morgen früh steht als Erstes ein wichtiges Interview an“, hörte er Nathalie sagen. Ihre Hände umklammerten dabei ihren Terminkalender. Adrien fragte sich manchmal, ob sie sich vor seinem Vater fürchtete.

„Gut. Vielen Dank, Nathalie“, antwortete Gabriel Agreste abwesend. „Sonst noch was?“

„Abendessen, mit Ihrem Sohn, Monsieur.“

„Nein. Ich habe zu tun“, erwiderte er.

„Er braucht seinen Vater“, versuchte Nathalie ihn vorsichtig zu überzeugen.

Ungeduldig fuhr Gabriel Agreste seine Assistentin an: „Kümmern Sie sich um Ihre eigenen Angelegenheiten!“

Mit diesen Worten verschwand er in seinem Arbeitszimmer und schloss die Tür hinter sich ab. Nathalie hielt einen Moment inne, dann drehte sie sich um – und entdeckte Adrien oben auf der Treppe.

„Es tut mir leid, Adrien“, sagte sie.

Adrien zuckte nur mit den Schultern. „Ich weiß ja, wie’s läuft.“

Traurig ging er in sein Zimmer und nahm ein Foto seiner Mutter in die Hand. Ihr Abbild lächelte ihm strahlend entgegen – genauso wie er sie in Erinnerung hatte. Sie war nicht nur eine liebevolle Mutter, sondern auch eine brillante Theaterschauspielerin gewesen.

Ganz Paris hatte ihr zu Füßen gelegen.

„Alles Gute zum Geburtstag, Mom", sagte er leise. Es verging kein Tag, an dem er sich nicht wünschte, sie wäre noch da, und heute spürte er ihre Abwesenheit wieder einmal besonders stark.

Er vermisste sie so sehr.

✲ ✲ ✲

Hinter der Tür seines Arbeitszimmers saß Gabriel Agreste an seinem Schreibtisch und starrte gedankenverloren auf ein altes Familienfoto.

Wie glücklich sie drei einst waren. Er vermisste seine geliebte Frau Emilie so sehr. Und was war aus diesem aufgeweckten, fröhlichen Kind geworden? Als Vater hatte er zweifelsohne auf ganzer Linie versagt.

Wenn es jemand gab, der Emilie mehr vermisste als er selbst, dann Adrien.

Vor Gabriel lag das geheimnisvolle Schmuckstück aus dem Museum, eine mottenförmige Brosche, und funkelte verheißungsvoll.

Er stand auf und trat ans Fenster. Tausende von Lichtern erhellten die Stadt und trotzten der Dunkelheit, ließen sie beinahe magisch wirken. Die Dunkelheit in ihm hingegen wog schwer. In einer schnellen, ruckartigen Bewegung zog er die dicken Vorhänge zu, ging entschlossen durch sein Arbeitszimmer und blieb vor einem lebensgroßen Gemälde seiner Frau stehen. Er betätigte zwei darin verborgene geheime Knöpfe.

Im nächsten Moment setzte sich der Boden unter seinen Füßen in Bewegung. Auf einer runden Platte fuhr Gabriel langsam nach unten, in die Tiefen seines Kellers. Dort angekommen, betrat er einen geheimen Raum. Nur er wusste von ihm. Und nur er hatte Zugang zu ihm – und das aus gutem Grund. Denn selbst der geheimste Raum der Welt verbarg kein Geheimnis, das so gewaltig war wie das, was Gabriel vor der Welt zu verbergen versuchte.

Dort, in der Mitte des Raums, lag eine wunderschöne Frau in einem gläsernen Sarg, umgeben von Pflanzen wie in einem geheimen Garten.

„Ich kann dieses dunkle Geheimnis nicht länger bewahren", sagte Gabriel, obwohl er wusste, dass seine Frau

Emilie ihn nicht hören konnte. Sie befand sich in einem tiefen, mysteriösen Schlummer.

„Ich ertrage die Traurigkeit in seinen Augen nicht."

Er dachte erneut an das Familienfoto, an seine einst glückliche Familie und an das besondere Schmuckstück, das er nun wie eine Hoffnung in seinen Händen hielt.

Und dann, die Augen ein letztes Mal auf seine bewusstlose Frau gerichtet, sprach er: „Wenn dieses Schmuckstück wirklich die Macht hat, dich zurückzubringen ... werde ich die Welt verbrennen und mich dafür selbst in den Flammen verlieren. Er braucht dich mehr als ich, Emilie."

Er steckte sich die Brosche an.

„Lass Dunkelheit aufziehen!"

* * *

In einem kleinen Laden inmitten von Paris schreckte Meister Fu auf und wusste instinktiv, dass es an der Zeit war zu handeln. Eilig ging er durch den Raum und blieb vor einem alten Grammofon stehen. Wie durch Zauberhand erschien darin eine merkwürdig aussehende Schatulle. Meister Fu bedachte sie mit einem kurzen Blick, dann sprach er: „Also gut, ihr zwei. Ich weiß, dass ihr wach seid. Ich werde die Schatulle öffnen, aber ich warne euch: keine Schlägereien, okay? Ihr müsst zusammenarbeiten!"

Dann öffnete er sie.

In der Schatulle befanden sich zwei Schmuckstücke: ein silberner Ring und ein Paar rote Ohrstecker mit schwarzen Punkten, fast wie Marienkäfer. Ehe Meister Fu sich's versah, verwandelten sich die beiden Schmuckstücke in zwei helle Lichter – und flogen davon.

„Wartet, wir müssen sie gemeinsam auswählen!", rief Meister Fu aufgebracht und rannte ihnen hinterher, aus dem Laden hinaus und auf die überfüllten Straßen von Paris.

HOTEL
Restaurant

Kapitel 5

Marinette war tief in Gedanken versunken, als sie die Bibliothek der Schule einige Zeit später verließ. Sie wanderte allein den breiten Korridor entlang. Die meisten Schülerinnen und Schüler waren bereits nach Hause gegangen – die Luft schien also rein zu sein. Doch die Gedanken an Chloé waren für Marinette zwischenzeitlich in weite Ferne gerückt.

Stattdessen dachte sie unablässig an den Jungen aus der Bibliothek. Es stand außer Frage, dass sie sich total vor ihm blamiert hatte. Aber er war aufmerksam und freundlich gewesen – und *süß*. Und er hatte ihr geholfen. Sie sah ihn immer noch vor sich. Wie er ihr mit seinen strahlend grünen Augen und dem Lächeln im Gesicht seine Hand entgegengestreckt hatte …

„Hey, Marinella, warum begleite ich dich nicht nach Hause?"

Diese Stimme gehörte definitiv nicht Adrien. Marinette musste sich nicht umdrehen, um zu wissen, dass Chloé ihr aufgelauert hatte. *O nein*.

„Äh, ich muss los, sorry!", rief Marinette und rannte los.

„Freunde laufen nicht vor Freunden weg, die einen hassen", raunte Chloé. „Ich möchte doch nur einen netten, schreienden Austausch wie zwei zivilisierte Teenager haben."

Sehr verlockend.

Marinette stürmte aus der Schule und auf die Straßen von Paris hinaus. Ihr Keuchen übertönte den Lärm der Stadt. Sie musste sich konzentrieren, all den Menschen auszuweichen, die ihr entgegenkamen.

Wie gern wäre sie eine von ihnen: unterwegs zu einem Café, einer Sightseeingtour, ihretwegen auch zu einem langweiligen Job. Hauptsache, sie musste ihre Tage nicht mehr damit verbringen, vor Chloé davonzulaufen.

Marinette wusste nicht, was sie zuerst bemerkte: den alten Mann, der mit ausgestreckten Händen mitten auf die Straße rannte, oder das Hupen der Autos, die direkt auf ihn zurasten. Sie zögerte keine Sekunde und zog ihn im letzten Augenblick von der Straße.

„Geht es Ihnen gut?“, fragte Marinette besorgt.

„Du … hast dein Leben riskiert, um mich zu retten?“, fragte der alte Mann erstaunt zurück.

Marinette konnte aus ihrem Augenwinkel Chloé erkennen, die ihr immer noch auf den Fersen war. Im Schlepptau folgte Sabrina, die sich sichtlich mit den zwei Taschen abmühte, die ihr um die Schultern hingen. Marinette musste weiter, sonst würden die beiden sie einholen.

„Warte einen Moment!“, rief der alte Mann – und dann, als hätte er eine Eingebung: „Du bist es …“

Sein Blick wurde eindringlich. „Komm mit mir! Die Welt ist in Gefahr.“

Chloé stand nun direkt auf der anderen Straßenseite. Autos rauschten vorbei und hinderten sie daran, die Straße zu überqueren. Diesen Vorsprung musste Marinette ausnutzen!

„Ich muss los!", rief sie dem offenbar sehr verwirrten Mann zu und rannte weiter.

„Warte! Vergiss nicht: Wer ein Leben rettet, rettet die Welt!"

Ich muss von diesen ganzen Verrückten weg, dachte Marinette, während sie nach einem Ausweg Ausschau hielt.

Sie bog in eine andere Straße ab und stieß geradewegs mit dem alten Mann zusammen.

Wie war das möglich?

„Hab keine Angst! Sonst werden wir alle sterben. Du bist die Auserwählte", sagte er.

Die ganze Stadt ist ein Irrenhaus.

Da entdeckte Marinette eine dunkle Gasse.

„Marinella, wo bist du? Warum bist du so langsam, Sabrina?", hörte sie Chloé schimpfen. „Ich muss unsere Taschen tragen", erklang Sabrinas Antwort.

Sie konnten nicht weit sein. Wenn Marinette sich nicht beeilte, würde sie sich Chloé stellen müssen – und Marinette war sich sicher, dass das alles andere als zivilisiert zugehen würde. Die dunkle Gasse schien der einzige Ausweg zu sein. Ohne länger zu überlegen, sprintete Marinette hinein und drückte sich gegen eine Hauswand.

„Du hast sie entkommen lassen. Finde sie!“, keifte Chloé.

Marinette sah sie am Ende der Gasse vorbeilaufen. *Das war knapp*. Erleichtert verlagerte Marinette ihr Gewicht und stieß dabei gegen eine alte Holzkiste am Boden. Das Geräusch ließ Sabrina, die einige Meter hinter Chloé hertrottete, aufhorchen. Mit den beiden Taschen bepackt stand sie da und ließ ihren Blick durch die dunkle Straße schweifen, bis er an Marinette hängen blieb. Erschrocken riss Marinette die Augen auf und bettelte Sabrina mit flehendem Gesichtsausdruck an, sie nicht zu verraten.

Und tatsächlich: Sabrina nickte unmerklich und setzte ihren Gang fort.

„Hier ist sie auch nicht“, rief sie Chloé zu.

Marinette seufzte erleichtert und lehnte sich zurück an die Wand, die bei ihrer Berührung plötzlich nachgab. Es war keine Wand, sondern eine Tür, und Marinette fiel geradewegs in einen spärlich beleuchteten Raum. Stöhnend rappelte sie sich wieder auf und klopfte sich den Schmutz von der Hose. Sie hatte das ungute Gefühl, beobachtet zu werden, doch außer Staub, Spinnweben und alten Möbeln konnte sie nichts ausmachen. Die Luft roch leicht muffig, und alles sah irgendwie … *alt* aus. Vielleicht war es mal ein Antiquitätengeschäft gewesen? Zumindest war sie hier vor Chloé sicher. Langsam gewöhnten sich ihre Augen auch an die Dunkelheit.

„Ich bin gleich wieder weg, ich versprech's! Kein Grund, mir Angst einzujagen, ich mache mir selbst schon genug Angst", sagte sie mehr zu sich selbst, als sie den Blick weiter schweifen ließ.

Da flog plötzlich ein kleiner Marienkäfer an ihr vorbei.

„Was machst du denn hier?", fragte Marinette liebevoll und folgte ihm tiefer in den Raum hinein. Sie war so abgelenkt und fasziniert von dem süßen Tierchen, dass sie ihre Angst für einen Moment vollkommen vergaß. Plötzlich leuchtete der Marienkäfer wie durch Magie rot auf und strahlte ein Wandbild direkt vor ihr an. Darauf stand in großen Buchstaben:

Wer ein Leben rettet, rettet die Welt.

Was hatte das zu bedeuten? Und wieso kamen ihr diese Worte so bekannt vor?

Das rote Licht, in das sich der Marienkäfer verwandelt hatte, tänzelte weiter durch den Raum und verschwand plötzlich unter einer alten hölzernen Kommode. Marinette, noch immer fasziniert, folgte ihm und bückte sich hinunter. Da, auf dem Boden vor ihr, lag ein Paar rote Ohrstecker mit schwarzen Punkten. Sie sahen beinahe aus wie Marienkäfer.

Einem unerklärlichen Impuls folgend nahm Marinette die Ohrstecker und legte sie sich an. Sie kniff ihre Augen zusammen, als ein gleißend rotes Licht den gesamten Raum erleuchtete. Dann wurde es wieder dunkel. Marinette brauchte einen Moment, bis sie etwas erkennen konnte.

Ihre Augen schienen ihr einen Streich zu spielen, denn direkt vor ihr flog ein runder rötlicher Fleck auf und ab. Sie blinzelte, doch der Fleck war immer noch da. Es war ein winziges, marienkäferartiges Wesen – rot, mit einem schwarzen Punkt auf seiner hohen Stirn. Und es blickte Marinette direkt an.

„Das hat ja lange genug gedauert – meine Güte“, sagte es, warf einen Blick durch den Raum und auf Marinette und fügte begeistert hinzu: „Ihr habt die Elektrizität entdeckt! Und Mädchen können Hosen tragen?! Endlich!“

Marinette stieß vor Schreck einen lauten Schrei aus.

„Ich hatte ganz vergessen, wie laut dieser Teil sein kann. Wir haben keine Zeit zu verlieren, also machen wir es kurz, ja? Mein Name ist Tikki, Kwami der Erschaffung. Schön, dich kennenzulernen, Marinette. Ja, ich weiß, wie du heißt. Denn ich bin ein Kwami. Kannst du Kwami sagen?“

Marinette schrie noch einmal.

„Okay, vergiss es. Ich bin so was wie ein kleiner Flaschengeist. Nur dass ich keine Wünsche erfülle. Zusammen werden wir die gefährlichsten Stunts machen, unser Leben riskieren und die Welt retten. Bist du bereit?“, fragte das Wesen, Tikki, aufgeregt.

Marinette hörte auf zu schreien. Ihr wurde bewusst, dass das alles zu absurd war.

„Als ich das letzte Mal so einen Traum hatte, habe ich … ins Bett gemacht!“, sagte sie laut vor sich hin.

„Süß“, antwortete Tikki. „Aber das hier ist echt. Die Motte wurde durch eine böse Macht aktiviert. Das Schicksal der Welt liegt in deinen Händen.“

„Was?!“

Marinette konnte weder ihren Augen noch ihren Ohren trauen. Was ging hier vor sich?

„Du bist Ladybug“, sagte Tikki überzeugt. Auf einmal hielt sie ein dickes Buch in ihren Händen und holte zu einer weitreichenden Erklärung aus.

Dass sie schon seit Jahrtausenden Ladybugs aufspürte. Dass zu einer Ladybug ein Herz voller Mut gehörte und eine Liebe, die alle Ängste vertreiben konnte. Und dass Marinette genau diese Eigenschaften in sich trug.

Marinette war von alldem so überwältigt und überfordert, dass sie sich zu einer kleinen Kugel auf dem Boden zusammenrollte. Wenn sie darüber nachdachte, konnte sie über Tikkis Worte eigentlich nur lachen. Sie sollte eine Superheldin sein? Allein wenn sie an den heutigen Tag dachte, fielen ihr hundert Gründe ein, die dagegensprachen. Sie war nicht einmal fähig, sich selbst zu retten – wie sollte sie da *die Welt* retten?

Doch Tikki blieb hartnäckig. Und dann, von einem Moment auf den anderen, war sie verschwunden, und Marinette richtete sich langsam wieder auf. Sie blickte geradewegs in einen Spiegel und erschrak: Sie trug eine Maske im Gesicht! Marinette sah an sich herab: Ihr Körper steckte in einem hautengen roten Ganzkörperanzug mit schwarzen Punkten. Unweigerlich machte sich ein Gedanke in ihr breit: Sie sah aus wie eine Superheldin. Sie sah aus wie *Ladybug*.

Da entdeckte sie einen rundlichen Gegenstand an ihrer Hüfte und nahm ihn in die Hand. „Wow, ein Jo-Jo?!“, spottete sie, als sie erkannte, was es war. „Was kommt als Nächstes? Ein Teeservice?“

Doch im nächsten Augenblick erwachte das Jo-Jo zum Leben und wirbelte wild um Ladybug herum. Dann wickelte sich seine Schnur um ihr Handgelenk, riss sie durch die Luft und aus dem Schornstein hinaus in die Nacht.

* * *

An einem anderen Ort in Paris erwachte Gabriel Agreste als Hawk Moth.

„Was ist das für ein Gefühl? Ich kann die Wut der Welt hören", dachte er, noch benommen von seiner unheilvollen Verwandlung. Da entdeckte er einen kleinen weißen Schmetterling in seiner Hand.

„Lass mich fliegen, Meister. Ich werde Chaos verursachen und die zwei Miraculous erwecken, die deine Frau zurückbringen werden", hörte er eine Stimme tief in seinem Inneren.

„Dann flieg, kleiner Akuma. Lass die Flamme wachsen, bis Chaos herrscht", sagte Hawk Moth. Die Farbe des Schmetterlings veränderte sich zu einem dunklen, schimmernden Lila, und der Akuma flatterte davon.

✲ ✲ ✲

Es war ein schöner, lauer Spätsommerabend in Paris. Zu der fröhlichen Melodie eines Akkordeonspielers posierten unzählige Touristen für Fotos vor der berühmten Kathedrale Notre-Dame. Ein junges Paar schlenderte gerade den Weg entlang, als der Mann unerwartet vor der Frau auf die Knie ging und einen glänzenden Ring hervorzog.

„Ich wusste es vom ersten Augenblick an", sagte er, und aus seinen braunen Augen sprach pure Liebe. „Willst du mich heiraten?"

Der Frau stand die Verwunderung förmlich ins Gesicht geschrieben.

„Oh, das ist perfekt, Raymond. Die Umgebung, die Musik, aber …", setzte sie an, dann brach sie in Tränen aus. „Ich liebe einen anderen, es tut mir so leid!"

Ohne ein weiteres Wort rannte sie davon und ließ den Mann mit gebrochenem Herzen zurück.

„Wie ist das möglich?! Ich werde nie wieder lieben! Nie mehr!", rief er in einer Mischung aus Wut und Trauer und senkte seinen Blick. Noch nie hatte er sich so gedemütigt gefühlt.

In diesem Moment flog der Akuma von oben auf ihn herab. Als der Mann wieder aufsah, wirkte er wie besessen, und seine ursprünglich braunen Augen leuchteten lila.

Ein paar Meter weiter lauschte eine Gruppe von Touristen gebannt dem Reiseleiter. Er hielt gerade einen Vortrag über die steinernen Wasserspeier von Notre-Dame und zeigte unterdessen auf ihre dämonenhaften Gesichter. „Man glaubte, dass sie nachts lebendig würden, um Notre-Dame vor bösen Geistern zu beschützen“, erklärte er, als sich plötzlich ein monströser Schatten hinter ihnen erhob. Dann brach Panik aus.

HOTEL
Restaurant

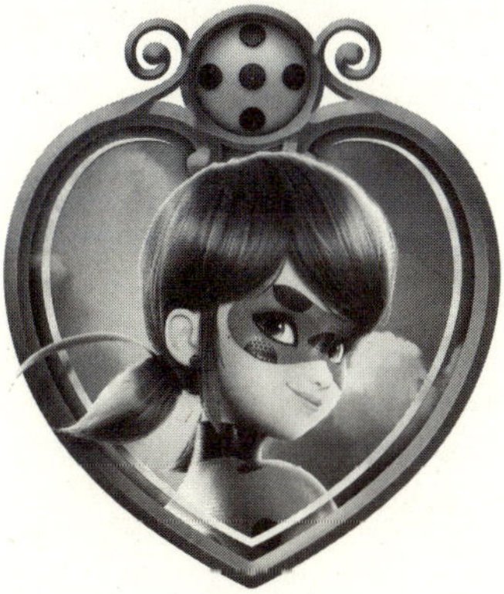

Kapitel 6

Es hätte cool und heldenhaft aussehen können, wie Ladybug mithilfe ihres Jo-Jos durch die Luft wirbelte. Stattdessen war ihr zum Schreien zumute. Ihr angsterfüllter Blick weitete sich, als sie sich in atemberaubendem Tempo dem großen bunten Glasfenster der Notre-Dame-Kathedrale näherte. Täuschte sie sich, oder stand dahinter jemand?

Sie hatte keine Gelegenheit, länger darüber nachzudenken, denn im nächsten Moment krachte sie auch schon mit voller Geschwindigkeit durch das Glas.

Als sie ihre Augen öffnete, blickte sie geradewegs in

ein smaragdgrünes Augenpaar, das von einer schwarzen Maske umrahmt war.

„Wo bin ich?“, fragte sie verwirrt.

Sie ließ ihren Blick schweifen. *Irgendetwas stimmt hier nicht.* Der Boden der Notre-Dame war meterweit entfernt. Plötzlich dämmerte es ihr: Sie und die fremde Gestalt vor ihr baumelten kopfüber von der Decke – ineinander verheddert und nur gehalten vom Seil ihres Jo-Jos!

„AAAAAH!“, schrie Ladybug.

„Ähm, guten Tag?“, sagte die maskierte Gestalt freundlich, als auch schon das Seil nachgab. Die beiden fielen mit einem lauten *Plumps* in die Tiefe und landeten unsanft auf dem kalten steinernen Boden.

„Was tust du denn da?“, fragte der Fremde. Seine Stimme hallte durch die riesige menschenleere Kathedrale.

Ladybug rappelte sich auf und betrachtete den Unbekannten eingehend. Er trug einen schwarzen Anzug mit einem Glöckchen am Kragen, und aus seinen blonden Haaren lugten zwei schwarze Katzenohren hervor.

„Ich … ich …“, stammelte Ladybug.

„Das ist ein gefährlicher Ort für eine junge Dame“, redete er etwas hochnäsig weiter.

Was fällt ihm ein?!

„Ich bin keine Jungfer in Not!“, rechtfertigte sie sich. „Wer bist du überhaupt?“

Er trat einen Schritt näher heran.

„Ich heiße Cat Noir“, stellte er sich vor.

Jetzt, wo sie wieder festen Boden unter den Füßen hatte, fühlte sich Ladybug sicherer.

„Kennen wir uns?“, fragte sie.

„Ich bin der neue Held in der Stadt. Gekommen, um die Welt zu retten.“

„Und womit?“, spottete Ladybug. „Fellknäuel?“

Cat Noir wirkte sichtlich beleidigt. „Und was stellst du dar? Eine Wassermelone?“

„Wie bitte?!“

„Für eine Assistentin reicht’s wahrscheinlich“, sagte er und sah sich in der Kathedrale um.

„Ich bin keine Assistentin!“, platzte es aus Ladybug heraus. „Ich … bin ebenfalls hier, um … die Welt zu retten.“

Ladybug überraschten ihre Worte selbst. Noch vor ein paar Minuten wollte sie von alldem überhaupt nichts wissen. Doch diesen arroganten Cat Noir musste sie einfach in die Schranken weisen.

Er lief auf einen großen metallenen Kerzenständer zu.

„Das sehe ich. Du kommst hier laut und chaotisch rein und verrätst jeden deiner Schritte“, spöttelte er, lehnte sich gegen den Kerzenständer – und warf ihn mit einem klirrenden Scheppern um.

„So viel zum Thema Überraschungsmoment“, entgegnete Ladybug selbstzufrieden.

„Schon mal was von einem Köder gehört?“ Ohne den Kerzenständer wieder aufzustellen, ging er weiter. Was meinte er mit einem Köder?

Auf einmal kamen Ladybugs Zweifel zurück. „Ich verstehe nicht, was hier los ist. Das ist alles falsch!“

„Folge mir einfach, Assistentin.“

„Ich bin keine Assist–“, wollte sie erwidern, als plötzlich ein tiefes Knurren durch die Kathedrale dröhnte.

Die beiden erstarrten. Ein riesiger Schatten huschte hinter ihnen am Fenster vorbei.

Ladybug wollte nicht mehr weiterdiskutieren. Sie wollte hier raus.

„Hast du einen Plan?“, fragte sie den Jungen.

„Einen Plan?“ Er plusterte sich auf. „Ich habe mehr als einen Plan! Ich habe neun Leben. Die vernichtende Kraft der Zerstörung. Nachtsicht. Messerscharfe Sensoren. Nichts kann sich an mich heranschleichen! Ganz zu schweigen von meiner Waffe.“

Ladybug erstarrte und deutete ängstlich hinter Cat Noir. Der zückte einen langen schwarzen Stab und schwenkte ihn wild um sich, ohne zu merken, dass sich ein riesiges Ungeheuer an ihn herangeschlichen hatte. Es sah aus wie die dämonenartigen steinernen Wasserspeier, die die Fassade der Notre-Dame schmückten – mit dem Unterschied, dass dieser Wasserspeier ziemlich lebendig wirkte. Und gefährlich. Cat Noir schwenkte seinen Stock unbekümmert ein weiteres Mal und blieb damit im Nasenloch des Ungeheuers stecken. Als Cat Noir sich endlich irritiert umdrehte, entfuhr ihm ein Schrei. „LAAAAUF!“, rief er Ladybug zu und rannte selbst los.

Der wütende Wasserspeier verfolgte Cat Noir durch die

Reihen der Kirchenbänke und zerstörte mit seinen schweren steinernen Flügeln alles, was ihm im Weg stand.

„Ich hab alles im Griff, Assistentin!“, rief Cat Noir, schwang sich hoch zur Empore und kletterte auf den Rand der Orgel.

Der Wasserspeier erhob sich schwerfällig in die Luft und steuerte direkt auf ihn zu. Kurz bevor er die Orgel und damit Cat Noir erreichte, sprang Cat Noir blitzschnell zur Seite und beobachtete triumphierend, wie das Ungeheuer mit einem furchtbaren Lärm in das riesige Instrument krachte.

„Und der Gewinner ist: CAT NOIR!“, verkündete er siegessicher an Ladybug gewandt.

„Hinter dir!“, schrie Ladybug.

Der Wasserspeier hatte sich innerhalb kürzester Zeit wieder aufgerappelt und schien noch wütender als zuvor. Mit vollem Tempo flog er auf Cat Noir zu und gabelte ihn mit seiner Schnauze auf, sodass Cat Noir sich plötzlich auf dem Rücken des Ungeheuers wiederfand.

„Assistentin!“, rief Cat Noir verzweifelt. „Was machst du da unten? Hilf mir!“

Ladybug konnte sich den Kommentar nicht verkneifen: „Ich dachte, *du* wärst hier der große Held!"

„Es ist mein erster Einsatz!"

Was? Wollte er sie auf den Arm nehmen?!

Ladybug gingen unzählige Gedanken gleichzeitig durch den Kopf. Wie sollten sie hier lebend rauskommen, wenn keiner von beiden wusste, was zu tun war?

Der Wasserspeier steuerte auf das große Glasfenster zu. Ladybug blieb nicht viel Zeit zum Überlegen. Ohne zu wissen, wie es genau funktionierte, schwang sie ihr Jo-Jo, dessen Seil sich daraufhin um den Schwanz des Ungeheuers wickelte und sie mit sich zog. Dann krachten sie zu dritt durch das Glasfenster, dessen Splitter sich wie Regen vor der Kathedrale ergossen.

HOTEL
Restaurant

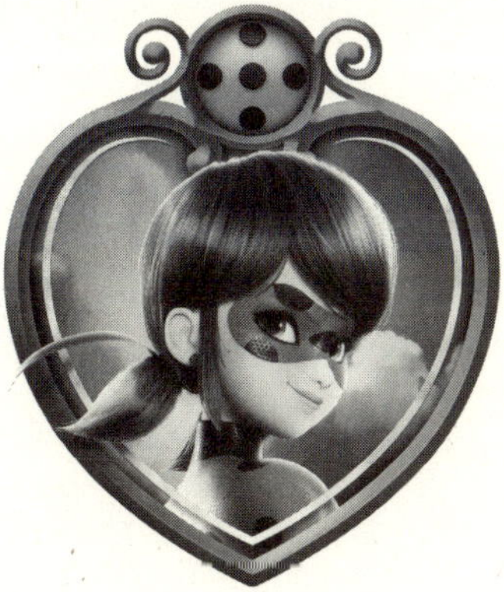

Kapitel 7

Die letzten verbliebenen Schaulustigen brachen in panisches Geschrei aus, als der Wasserspeier und Cat Noir mit einem Satz auf dem Boden vor der Kathedrale landeten. Das Seil ihres Jo-Jos katapultierte Ladybug direkt vor das Ungeheuer, das kurz verwirrt haltmachte.

„Ist das eine Wassermelone?“, fragte einer der Zuschauer beim Anblick von Ladybug.

„Ich hab’s dir ja gesagt!“ Cat Noir grinste vom Rücken des Wasserspeiers herab.

Doch das Lachen verging ihm, als der Wasserspeier im

nächsten Augenblick seine steinernen Flügel ausbreitete und von Neuem zum Flug ansetzte. Ladybug blieb eine Sekunde, dann spannte sich das Seil ihres Jo-Jos, und auch sie wurde wieder mitgerissen.

„Für eine sogenannte *Katze* scheinst du nicht gerade auf deinen Füßen zu landen!“, rief sie Cat Noir in der Luft zu.

An seiner Feinmotorik musste der Wasserspeier auf jeden Fall noch arbeiten: Unkontrolliert krachte er durch einen der Kirchtürme und brachte die Glocke darin zum Klirren. Ladybugs Kopf dröhnte. Dann begab sich der Wasserspeier in einen Sinkflug und landete in der Seine, wo er zunächst unter Wasser verschwand, nur um Sekunden später wieder aufzutauchen und den Gästen eines Passagierschiffs eine beeindruckende Show zu liefern.

Ladybug glitt am Seil ihres Jo-Jos wie auf Wasserskiern über das Wasser, gezogen vom Wasserspeier, der schließlich aber doch wieder in die Luft wechselte und nun direkt auf einen Straßenbahntunnel zusteuerte.

Sie dachte, sie sehe nicht recht, als sie inmitten einer Menschenansammlung Alya erkannte, die ihr Handy auf das Geschehen richtete und es zu kommentieren schien.

Ladybug wusste nicht, wie ihr geschah, als sich das Seil ihres Jo-Jos plötzlich löste. Sie sah den Wasserspeier mit Cat Noir weiterfliegen, während sie auf die Gleise stürzte, verwundert und dankbar darüber, am Leben zu sein. Aus einigen Metern Entfernung beobachtete sie, wie der Wasserspeier mit Cat Noir in den Tunnel hineinkrachte, die Gleise entlangschlitterte und an einer Metro-Station zum Halten kam.

Die wartenden Fahrgäste starrten einen Moment lang wie gebannt zwischen dem Wasserspeier und Cat Noir hin und her, dann ergriffen sie die Flucht.

Cat Noir sprang unverletzt vom Rücken des Wasserspeiers und schien mit dem Boden unter den Füßen auch sein Selbstbewusstsein wiedererlangt zu haben.

Das steinerne Ungeheuer füllte den Tunnel mit seiner Größe fast komplett aus und konnte seine Flügel nicht mehr ausbreiten. Ein Vorteil für Cat Noir, der den Wasserspeier prompt siegessicher zu verspotten begann. Er glaubte offenbar nicht, dass das Biest auch ohne Einsatz seiner Flügel gefährlich war.

Wütend wie nie zuvor erhob sich das Ungeheuer und

setzte zum Angriff an. Cat Noir versuchte, sich mit seinem Stab zu verteidigen, als der Wasserspeier auf einmal innehielt. Wie ein Hund fixierte er Cat Noirs Stab mit seinen Blicken und folgte jeder einzelnen seiner Bewegungen. Cat Noir schien es auch zu bemerken.

„Fang!", rief er und tat so, als würde er seinen Stab werfen.

Der Wasserspeier drehte sich um, bereit, den Stab zu fangen, bis ihm klar wurde, dass er auf einen Trick hereingefallen war. Mit einem bedrohlichen Knurren wandte er sich wieder zu Cat Noir um.

„Sitz! Sitz?", versuchte Cat Noir es mit einem weiteren Hundebefehl, doch das Ungeheuer bewegte sich fuchsteufelswild auf Cat Noir zu, der nun schreiend durch den Tunnel Richtung Ausgang und auf Ladybug zu rannte.

Ladybug rappelte sich auf und eilte die Gleise entlang. Sie musste Cat Noir helfen! Sie hatte den Tunnel fast erreicht, da hörte sie plötzlich das unaufhaltsame und gleichmäßige Rattern eines Zuges hinter sich. Hupend und mit gleißenden Scheinwerfern raste er direkt auf sie zu. *Schneller, schneller.*

Sie war zu langsam. In letzter Sekunde sprang sie zur Seite, um dem Zug auszuweichen. Wenn sie sich nicht blitzschnell etwas einfallen ließ, würde er geradewegs in den Tunnel und auf Cat Noir zurasen.

Sie schnappte sich ihr Jo-Jo und schwang es verzweifelt in Richtung des Zuges. Das Seil wickelte sich um eine Metallstange, und der Zug riss Ladybug mit. Noch immer etwas unbeholfen flog sie durch die Luft. Es war beinahe, als weise ihr das Jo-Jo den Weg!

Sie hievte sich auf den Zug und näherte sich Cat Noir, der über die Gleise direkt auf sie zustolperte. Da blieb sein Fuß plötzlich hängen, und er stürzte zu Boden. Der Zug hatte ihn fast erreicht! Das durchgehende Hupen und Rattern des Zuges verschmolz zu einem ohrenbetäubenden Lärm.

In allerletzter Sekunde schwang sich Ladybug zu Cat Noir und rettete ihn von den Gleisen und vor den Fängen des Wasserspeiers.

Ihre Körper vibrierten, als der Zug an ihnen vorbei- und in den Tunnel einfuhr – direkt auf den Wasserspeier zu. Das Letzte, was sie hörten, war das markerschütternde

Gebrüll, als der Zug in das Monster krachte. Dann war alles still.

„Cat? Ich bin froh, dass es dir gut geht. Nicht schlecht für eine Assistentin, was?“, sagte Ladybug nach einem kurzen Schockmoment erleichtert.

Cat Noir hatte es offensichtlich die Sprache verschlagen, denn er starrte sie nur wortlos an. In seinem Blick lag Bewunderung ... und etwas anderes.

In der Ferne hörten sie Polizeisirenen. Ladybug blickte in den Tunnel zurück. Von dem Wasserspeier war nichts mehr zu sehen. Täuschten sie ihre Augen, oder flog dort über dem Zug tatsächlich so was wie ein Schmetterling? Nein, das schmetterlingsartige Wesen war echt und es flatterte direkt an ihnen vorbei – aus dem Tunnel und in die Nacht hinaus.

Cat Noir und Ladybug sahen ihm nach, bis es in der Dunkelheit verschwand.

„Was war das?“, fragte Ladybug verwundert.

„Ein Akuma“, antwortete eine Stimme hinter ihnen.

Überrascht drehten sich die beiden um, und Ladybug konnte nicht glauben, wen sie dort sah.

Restaurant

HOTEL
Restaurant

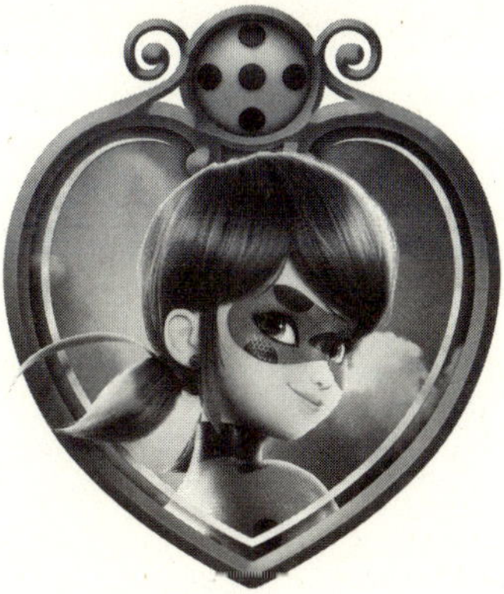

Kapitel 8

Die Person trat näher heran. Es war der alte Mann, den Ladybug vor ihrer Verwandlung und auf ihrer Flucht vor Chloé gerettet hatte. Sofort schossen ihr lauter Bilder und Gedanken durch den Kopf. War das wirklich alles an einem Tag passiert?

„Wer zum Teufel ist dieser Kerl?", fragte Cat Noir und unterbrach damit ihre Gedanken.

„Bevor ihr euch fragt, wer ich bin, müsst ihr erst mal herausfinden, wer *ihr* seid", antwortete der alte Mann ruhig.

Ladybug ging aufgeregt dazwischen. „Es ist jedenfalls nicht schwer herauszufinden, *was* er ist: Er ist VERRÜCKT!"

„Na ja, ich finde immer noch, dass du wie eine Wassermelone aussiehst", sagte Cat Noir, dessen Blick zwischen Ladybug und dem alten Mann hin- und hergewandert war und nun an Ladybug hängen blieb.

„Hörst du damit auf!", schimpfte Ladybug.

„Wassermelone!", neckte er sie weiter.

„Stopp!" Die Stimme des alten Mannes hatte sich kaum merklich erhoben, und dennoch hielten Ladybug und Cat Noir sofort aufmerksam inne.

„Du, Ladybug, besitzt die Kraft der Erschaffung", sagte er an Ladybug gewandt, „während du, Cat Noir, die Kraft der Zerstörung besitzt."

„Cooool!", entfuhr es Cat Noir. „Woher wissen Sie das alles?"

Ohne darauf zu antworten, fuhr der alte Mann fort: „Ihr beide müsst Hawk Moth besiegen, denn er ist derjenige, der all den Hass und die Wut in diese schrecklichen Kreaturen verwandelt."

„Hawk – wer?!", rief jetzt Ladybug verständnislos dazwischen.

„Stoppt sie und fangt ihre Akumas ein", beendete der alte Mann seinen Satz und ignorierte Ladybugs fragenden Gesichtsausdruck.

„Kein Problem, ich habe das im Griff", meldete sich Cat Noir mit einem überheblichen Grinsen zu Wort. Nicht zu glauben, dass er sich jetzt wieder wie der größte Held aufführte, wo Ladybug ihm Minuten vorher noch das Leben gerettet hatte!

„Nein!", entgegnete der alte Mann, nun strenger. „*Gemeinsam unschlagbar*. Nur so könnt ihr das perfekte Gleichgewicht zwischen Herz und Verstand erreichen. Nur so könnt ihr Hawk Moth besiegen."

Dann war er plötzlich verschwunden – als hätte er sich in Luft aufgelöst.

„Für so was habe ich mich *nicht* angemeldet", sagte Ladybug in die aufgekommene Stille hinein. Sie hatte von Anfang an ihre Zweifel gehabt. Wenn sie dazu bestimmt war, eine Heldin zu sein, warum fühlte sie sich dann nicht wie eine?

„Ich verstehe, dass du Angst hast", sagte Cat Noir. „Nicht das Scheitern ist dein Feind, sondern deine Ängste. Sei einfach meine Assistentin und du bist sicher."

Er streckte seine Hand nach ihr aus. Ladybug schlug sie genervt weg und wandte sich zum Gehen. Sie konnte diesen Typen keine Minute länger ertragen.

„Warte! Kenne ich dich? Wie heißt du?", fragte Cat Noir.

Die Frage ließ Ladybug innehalten. Vielleicht half es ihr, die Worte einmal laut auszusprechen. „Ich … ich bin Ladybug", sagte sie und setzte ihren Gang fort – diesmal endgültig.

„Werde ich dich jemals wiedersehen?", rief Cat Noir ihr hinterher.

„Sicher, in deinen *Träumen* und meinen *Albträumen!* Oder noch besser: Wie wäre es, wenn wir uns im Jenseits treffen, nachdem wir beide getötet wurden?!", erwiderte sie, ohne sich noch einmal umzudrehen.

Restaurant

HOTEL
Restaurant

Kapitel 9

Cat Noir sah ihr verträumt nach. „Sie steht auf mich.“

Geschmeidig wie eine Katze spazierte er über die Dächer von Paris. Unter ihm leuchtete und funkelte die Stadt in warmen Farben, und auch in ihm selbst schien sich auf einmal etwas erhellt zu haben. Er konnte sich nicht daran erinnern, wann er zuletzt so viel gelächelt hatte wie heute – selbst als sein Leben in Gefahr war. So lange hatte er nach einem Platz, einem Sinn im Leben gesucht und auf einmal sprang er wie ein Superheld durch die Stadt und ließ all den Schmerz in sich zurück.

Er dachte an Ladybug und fragte sich, welche Abenteuer sie wohl noch gemeinsam erleben würden. Denn was auch immer sie vorhin gesagt hatte: Sie würden sich wiedersehen, davon war er überzeugt.

Er blickte ein letztes Mal in den Nachthimmel, wo der Mond voll und silbern leuchtete. Dann kletterte er vom Dach herab und durch eines der Fenster – sein Zimmerfenster. Wie betäubt schlich er hinein, ließ sich mit einem *Plumps* auf sein Bett fallen und nahm seinen schwarzen Ring ab. Adrien seufzte. Er wünschte, er könnte jemandem von seinem aufregenden Tag erzählen. Von *ihr*.

„Sie ist einfach unglaublich", schwärmte er. „Sie … sie … stinkt?"

Ein überwältigender Gestank hatte sich in seinem Zimmer verbreitet. Adrien sah sich suchend um und entdeckte Plagg, seinen Kwami. Das kleine schwarze, katzenartige Wesen biss gerade in etwas, das aussah wie ein fauliges Stück Camembert, und furzte gleichzeitig vor sich hin.

„Plagg, du bist ekelhaft!", beschwerte sich Adrien.

„Sorry, Kleiner. Von Liebesgeschichten krieg ich Magenschmerzen", sagte der Kwami und klang dabei keineswegs so, als täte es ihm leid. Angetrieben von einem erneuten kräftigen Furz feuerte er quer durch den Raum und warf dabei den Bilderrahmen mit dem Foto von Adriens Mutter um.

„Vorsicht, du machst alles kaputt!“

„Tja, ich bin der Kwami der Zerstörung“, erklärte Plagg nüchtern. „Übrigens, diesen Käse habe ich im Müll gefunden. Hast du was, was noch vergammelter ist?“

Er rülpste laut.

„Denkst du, ich werde sie wiedersehen?“, fragte Adrien unbeirrt.

Vor seinem Zimmer hörte er plötzlich klackernde Schritte, gefolgt von Nathalies Stimme: „Adrien? Ist alles in Ordnung da drin?“

Sie durfte Plagg auf keinen Fall zu Gesicht bekommen!

„Alles okay!“, rief er schnell. „Ich … übe nur gerade für die Theater-AG!“

„Okay, ich komme später wieder!“, rief sie zurück.

„Sind wir nicht großartig zusammen? Nur wir zwei?“, fragte Plagg, während sich die Schritte eilig von der Tür entfernten.

„Komm schon, solltest du mir nicht helfen?“, fragte Adrien. „Mich einarbeiten und so?“

Auch wenn Plagg sein Leben in der besten Art und Weise auf den Kopf gestellt hatte, brauchte er ein paar Informationen, wie das alles funktionierte. Es reichte nicht, ihm diesen Ring zu geben und darauf zu vertrauen, dass er schon alles richtig machte.

„Zeitverschwendung!“, sagte Plagg und biss ein weiteres Stück von seinem Käse ab. „Letzten Endes wirst du alles selbst herausfinden.“

Adrien war sich da nicht so sicher. „Unter uns gesagt: Sie hat mir da draußen wirklich den Hintern gerettet. Sie hat ihr Leben für mich riskiert. Sie ist so mutig …“, sagte er und driftete erneut in schwärmerische Gedanken ab. „Ich glaube, sie steht auf meinen Style.“

Als er bemerkte, wie Plagg ihn genervt ansah, fügte er kleinlaut hinzu: „Es muss doch irgendwas geben, was du tun kannst, damit es zwischen uns klappt. Verstehst du, was ich meine?“

„Also gut. Ich verrate dir eine Regel“, gab Plagg nach. „Zwei Hälften sind zusammen stärker – oder so ähnlich.“

„Was?“ Adrien wusste nicht, was das zu bedeuten hatte. Das war der schönste und verwirrendste Tag seines Lebens.

„Finde es heraus!“, sagte Plagg patzig. Für ihn war das Gespräch damit beendet.

Adrien starrte nachdenklich auf seinen Ring. Ihm blieb wohl nichts anderes übrig, als zu hoffen, dass er es eines Tages verstehen würde.

HOTEL
Restaurant

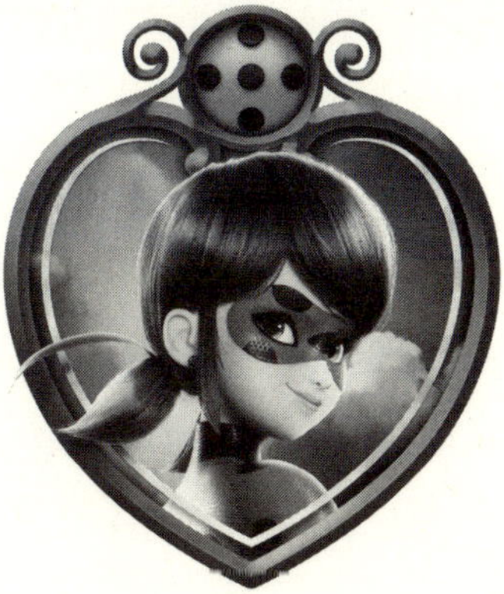

Kapitel 10

Es war schon spät geworden. Hoffentlich hatten ihre Eltern noch nicht bemerkt, dass sie nicht zu Hause war. Ladybug schwang sich mit ihrem Jo-Jo, so schnell sie konnte, über die Dächer von Paris, schlüpfte hektisch durch ihr Zimmerfenster und verwandelte sich gerade noch rechtzeitig zurück, bevor ihr Vater seinen Kopf durch die Tür streckte.

„Marinette, Schätzchen?“, sagte er und lächelte, als er seine Tochter erblickte.

Marinette, noch völlig außer Puste, saß an ihrem

Schreibtisch und bemühte sich, so normal wie möglich zu wirken.

„Was gibt's?", fragte sie betont freundlich und unterdrückte ein Keuchen.

Er schien für einen kurzen Moment vergessen zu haben, weswegen er gekommen war, und starrte sie irritiert an. Hatte er sie etwa ertappt? Waren ihre Haare noch zerzaust, irgendwas merkwürdig an ihr? Sie wagte nicht, an sich herunterzusehen, und lächelte ihm bemüht locker zu.

„Ich komme einfach nicht drauf, was in meinem Rindfleischeintopf fehlt … Thymian? Petersilie?", fragte er schließlich, und Marinette atmete innerlich erleichtert auf.

„Ähm, Rosmarin?", schlug sie wie aus der Pistole geschossen vor.

„Aber natürlich!" Glücklich warf ihr Vater ihr einen Kuss zu. „Was würde ich nur ohne meine Sous-sous-Chefin tun?"

Dann ließ er sie wieder allein und polterte die Treppe hinunter.

Marinette stand von ihrem Schreibtischstuhl auf und wanderte unruhig umher. Zurück in ihrem gewohnten

Umfeld wurde ihr auf einen Schlag erneut bewusst, wie ungewöhnlich, geradezu *verrückt* dieser ganze Tag gewesen war. Inmitten ihres Gedankenstrudels erschien obendrauf auch noch Tikki und begann, wie wild auf Marinette einzureden. „Wir müssen an deiner Kontrolle und deinem Wurf arbeiten – und an Katzenwortspielen. Du hast noch nie jemanden beschimpft, oder?"

Marinette hatte keine Gelegenheit zu antworten, denn Tikki setzte schon fort: „Natürlich nicht. Reines Herz. Das ist eine der Voraussetzungen. Aber den Akuma davonkommen zu lassen?! Die Macht von Hawk Moth wird sich vervielfachen. Er wird von allen Seiten angreifen!"

Tikki schien Marinettes veränderten Gesichtsausdruck zu bemerken. „Obwohl, letztlich ist das nur ein kleiner Rückschlag. Keine große Sache. Wir müssen nur bereit sein, um zurückzuschlagen!"

Marinette sah Tikki entgeistert an. „Machst du Witze?!", rief sie. „Ich wäre fast gestorben! Es hätte Verletzte geben können, und das alles wegen *mir!*"

„Es wurde aber niemand verletzt", stellte Tikki klar. „*Dank* dir."

Marinettes Atem ging schnell und unkontrolliert. Vor ihrem Inneren sah sie den monströsen Wasserspeier. Mit seinen riesigen steinernen Flügeln flog er auf sie zu und …

„Nur langsam! Beruhige dich“, sagte Tikki. „Das sind klassische Anzeichen von P. T. E. A. K. S. Das geht vorbei.“

„P. T. … was?!“

„Posttraumatischer Erster-Akuma-Kampf-Schock“, erklärte Tikki, als sei es das Normalste der Welt. „Atme einfach mit mir zusammen, okay?“

Marinette ließ sich zurück auf ihren Stuhl fallen. Dann sog sie tief die Luft ein und stieß sie in einem langen Atemzug wieder aus. Wäre Tikki nur vorhin auch da gewesen! *Moment mal.*

„Du hast mich ganz allein gelassen!“, rief sie und sprang aufgebracht wieder auf.

„Du warst nicht allein“, entgegnete Tikki. „Der andere Wächter war da.“

„Der gestiefelte Kater?“, fragte Marinette ungläubig und prustete los. „Der Typ ist eine Lachnummer. Er trägt ein Glöckchen an seinem Anzug!“

„Marinette", sagte Tikki ernst. „Zwei Hälften sind als Ganzes stärker." Sie flog einmal um Marinette herum. „Und außerdem: Wenn du die Welt erst einmal gerettet hast, musst du ihn nie mehr wiedersehen."

Wenn dieser schreckliche Abend erst der Anfang war, wollte Marinette gar nicht wissen, was es bedeutete, die Welt zu retten. Und vor allem wollte sie diesem eingebildeten Cat Noir nicht mehr begegnen.

„Eine Totalniederlage reicht", sagte sie. „Ich bin raus aus der Sache."

Marinette griff nach den Ohrsteckern. Sie zögerte eine winzige Sekunde, als sie in Tikkis große, flehende Augen blickte, doch dann besann sie sich, nahm die Ohrstecker ab und steckte sie in eine kleine Schachtel. Im selben Augenblick war Tikki verschwunden.

Marinette trat ans Fenster. Sie warf einen letzten Blick auf die Schachtel in ihrer Hand, dann holte sie aus und warf sie, so weit sie konnte, aus dem Fenster.

„Es war nicht echt. Nur ein sehr, sehr schlechter Traum", sagte sich Marinette, trat zurück und ging in ihrem Zimmer auf und ab, um ihre Gedanken zu sortieren.

„Autsch!“, entfuhr es ihr, als sie plötzlich etwas am Hinterkopf traf. Sie drehte sich um. Auf dem Boden vor ihr lag die Schachtel, die sie eben aus dem Fenster geworfen hatte. Verärgert hob Marinette sie auf und warf sie erneut mit aller Kraft hinaus. Dieses Mal schloss sie das Fenster und lehnte ihr Gesicht erschöpft an das kühle Glas. Keine zwei Sekunden später durchfuhr sie wieder ein Schmerz am Hinterkopf.

Was zum …?

Hinter ihr lag die Schachtel, als wäre sie wie aus dem Nichts in ihrem Zimmer aufgetaucht. Jetzt war Marinette richtig sauer.

„Du willst also Spielchen spielen? Okay!“

Marinette stapfte energisch zu ihrem Schrank und kramte einen Koffer sowie etliche Kisten, Stoffrollen und Bücher hervor. Im Nullkommanichts hatte sie daraus einen Turm errichtet, der fast so hoch war wie sie selbst – und der die Schachtel tief unter sich begrub.

Sie kletterte hinauf, setzte sich und verschränkte zufrieden die Arme ineinander. Damit sollte die Sache erledigt sein.

„Tschüss, du seltsame kleine Fee. Ruiniere das Leben von jemand anderem!"

Es dauerte keine Sekunde, da erschien Tikki direkt vor ihrer Nase. Marinette erschrak.

„Du bist die Auserwählte", sagte Tikki ruhig, aber bestimmt. „Deine Aufgaben entsprechen deinen Fähigkeiten. Verstehst du das nicht?"

Marinette zeigte wütend mit dem Finger auf Tikki. „Nein, *du* verstehst es nicht."

Sie hatte Angst und ihr war nach Schreien und Weinen gleichzeitig zumute. Sie wollte das alles nicht. Sie wollte einfach nur ihre Ruhe. Tikki schien zu spüren, dass es für heute genug war. Widerwillig verließ sie Marinettes Zimmer, doch Marinette wusste, dass sie wiederkommen würde.

❋ ❋ ❋

Im Arbeitszimmer seiner Villa lag Gabriel Agreste auf dem Boden und kam langsam wieder zu sich. Hinter der Tür vernahm er dumpf die Stimme seiner Assistentin Nathalie. „Monsieur? Alles ist für morgen vorbereitet.

Ich gehe jetzt nach Hause. Ich wünsche Ihnen einen angenehmen Abend."

Gabriel war außerstande zu antworten. Ohne sich zu bewegen, ließ er seinen Blick schweifen, als plötzlich der Akuma durch das offene Fenster hereinflog und bei ihm landete. Aus einem Fernseher auf der anderen Seite des Raums drangen bläuliches Licht und Stimmengewirr. Noch immer benommen und entkräftet richtete Gabriel sich langsam auf und bewegte sich darauf zu.

„Paranormaler Angriff in Notre-Dame oder Massenhysterie? Am Tatort beschreiben mehrere Zeugen einen zum Leben erweckten Wasserspeier, der gegen zwei bunt gekleidete Gestalten kämpfte. Es wird angenommen, dass die beiden immer noch auf freiem Fuß sind", verkündete eine Nachrichtensprecherin gerade, und ihr Bericht wurde begleitet von Videoaufnahmen vor Ort. Gabriel sah das Chaos und die Zerstörung und wirkte beinahe fasziniert davon. *Er war dafür verantwortlich.* Ihn durchströmte ein eigenartiges Gefühl von Macht.

Da erschien ein kleines Wesen aus seiner mottenförmigen Brosche.

„Du hast mir nicht gesagt, dass ich die Macht habe, *so etwas* zu tun“, sagte Gabriel zu dem Kwami Nooroo.

„Meister, das ist nicht –“, setzte Nooroo an, doch Gabriel unterbrach ihn.

„Wenn Chaos dafür sorgt, dass diese Schmuckstücke auftauchen, dann muss es das Chaos sein.“

„So sollte diese Macht nicht genutzt werden“, warnte Nooroo, und aus seinem kleinen Gesicht sprach pures Entsetzen.

„Ich glaube, das ist meine Entscheidung, Insekt. Lass mich dir sagen, was ich tun werde.“

Gabriel sprach wie besessen davon, wie er die Schmuckstücke in seinen Besitz bringen und seine Frau damit wiedererwecken würde – koste es, was es wolle. Er würde die verlorenen, die müden, die ausgestoßenen Seelen da draußen finden und sie für seine Zwecke nutzen.

„Meister, das ist nicht der richtige Weg!“, warnte Nooroo erneut.

„Sei still! Ab heute regiert das Chaos!“

Gabriel wusste genau, was er als Nächstes tun würde.

HOTEL
Restaurant

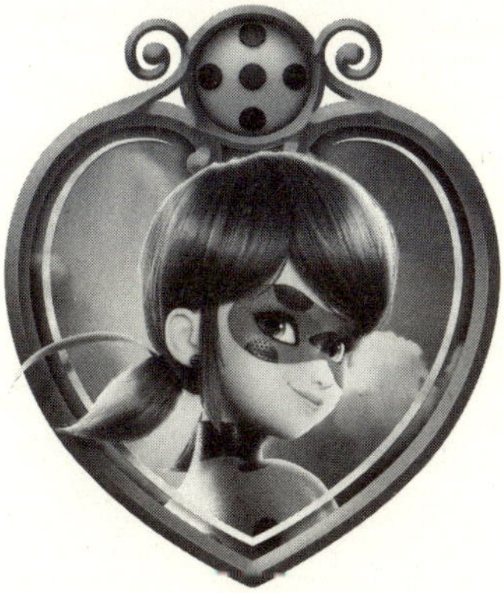

Kapitel 11

Am nächsten Tag schlenderten Marinette und Alya gemeinsam durch die Stadt. Sie waren auf dem Weg zum Jahrmarkt, der jedes Jahr zu Beginn des Schuljahres stattfand. Eine Art großes Schulfest sozusagen. Marinette war noch nie dort gewesen – mit wem auch?

Umso mehr hatte es sie überrascht, als Alya angerufen und gefragt hatte, ob Marinette sie begleiten wollte. Unter anderen Umständen hätte Marinette sicherlich gezögert, doch nun erschien es ihr eine willkommene Abwechslung. Vielleicht half ihr der Ausflug, auf andere

Gedanken zu kommen. Die drehten sich seit dem gestrigen Tag nämlich unaufhaltsam im Kreis. Im Nachhinein hätte Marinette sich jedoch denken können, dass es auch für Alya kein anderes Thema gab.

Sie kamen an einem Zeitungsjungen vorbei. In seinen Händen hielt er einen großen Stapel druckfrischer Exemplare einer Sonderausgabe. Auf deren Titelseite prangte unübersehbar eine Abbildung des Wasserspeiers von letzter Nacht.

Marinette versuchte, den Zeitungsjungen zu ignorieren, doch da brüllte er auch schon: „Spezialausgabe! Wasserspeier-Attacke! Wer sind die zwei maskierten Gestalten? Freunde oder Feinde?"

Einige Leute blieben stehen, um ihm eine Zeitung abzukaufen.

Alya jedoch war ganz in ihre eigenen Erzählungen vertieft. „Du hättest sie in Aktion sehen sollen, Marinette. Sie hat eine riesige Kreatur aus Metall erledigt!"

„Eher aus Stein ...", murmelte Marinette und erinnerte sich daran, wie sie Alya gestern aus der Ferne gesehen hatte. Dieses Mädchen schien wirklich verrückt nach

Action zu sein. Hoffentlich brachte sie sich dabei nicht eines Tages in Gefahr.

„Wenn du nur dabei gewesen wärst!"

Wenn du wüsstest, dachte Marinette.

Alya hörte gar nicht mehr auf, davon zu reden. „Unglaublich, oder?! Eine knallharte Superheldin! Und ich habe die ersten Fotos von ihr gemacht!", sprudelte es aus ihr heraus.

Sie zog ihr Handy hervor und tippte wild darauf herum. „*Couple goals,* findest du nicht?", sagte sie und streckte es Marinette entgegen. Das Foto darauf zeigte Ladybug – neben Cat Noir.

„Du bist verrückt!", erwiderte Marinette. Nie und nimmer würden sie und Cat Noir …

„Warum?", fragte Alya.

„Das ist nicht mein … äh, ich meine, *ihr* Freund", stellte Marinette klar.

„Woher willst du das wissen?"

Marinette räusperte sich. „Das liegt auf der Hand. Schau dir das Foto doch mal an! Die beiden sehen nicht einmal so aus, als würden sie sich mögen."

Alya scrollte durch ihre Aufnahmen, als wollte sie Marinettes Aussage überprüfen. Ihr Handy war voll mit Bildern von Ladybug und Cat Noir.

„Ich frag sie, wenn ich sie wieder in Aktion sehe“, sagte Alya abschließend und steckte ihr Handy zurück in die Tasche.

Bei Marinette schrillten sämtliche Alarmglocken. „Es könnte gefährlich sein, Alya.“

Mit einem Mal wurde ihr bewusst, dass eine Freundin zu haben auch bedeutete, sich Sorgen um sie zu machen.

„Wenn man Reporterin werden möchte, muss man nah am Geschehen dran sein“, erklärte Alya selbstbewusst. „Würdest du nicht auch ein paar Risiken eingehen, damit deine Träume wahr werden?“

„Glücklicherweise geht es bei Modedesign nicht um Leben oder Tod“, entgegnete Marinette. *Davon abgesehen habe ich sowieso nicht das Zeug dazu*, fügte sie in Gedanken hinzu.

„Apropos Mode: Wusstest du, dass Gabriel Agreste der Vater von Adrien ist?“, fragte Alya beiläufig.

Marinette riss erstaunt die Augen auf.

Marinette geht nicht gern zur Schule – vor allem wegen ihrer Mitschülerin Chloé. Chloé lässt keine Gelegenheit aus, Marinette zu demütigen.

Schon am ersten Tag des neuen Schuljahres geraten Marinette und Chloé aneinander. Marinette versteckt sich in der großen Schulbibliothek vor ihr.

Chloé und ihre Freundin Sabrina machen sich nicht die Mühe, Marinette in der Bibliothek zu suchen. Sie warten lieber am Schulausgang – früher oder später muss Marinette schließlich sowieso an ihnen vorbei.

Durch eine Lücke zwischen den Büchern erblickt Marinette plötzlich einen Jungen …

Es ist Adrien. Er ist zum ersten Mal in der Schule
und lernt allein in der Bibliothek.

Marinette und Adrien sind überrascht und fasziniert
zugleich, sich hier zu begegnen. Die beiden kennen sich zu
diesem Zeitpunkt noch nicht.

Als Marinette hinfällt, hilft Adrien ihr auf.
Der Moment, in dem sich ihre Hände berühren, ist beinahe magisch. Weder Marinette noch Adrien kennen das Gefühl von Freundschaft.

Adrien ist der Sohn des berühmten Modeschöpfers Gabriel Agreste. Adrien ist traurig, weil sein Vater sich nie Zeit für ihn nimmt.

In einem alten Antiquitätenladen findet Marinette ein geheimnisvolles Paar Ohrringe. Was sie noch nicht weiß: Sie hält das Ladybug-Miraculous in ihren Händen.

Marinette lernt Tikki kennen. Tikki ist ein Kwami und lebt im Ladybug-Miraculous. Sie klärt Marinette über ihre Bestimmung auf: eine Superheldin namens Ladybug zu sein. Marinette kommt sich vor wie in einem Traum. Sie, eine Superheldin? Unmöglich!

Als Marinette alias Ladybug das Jo-Jo zum ersten Mal sieht, ahnt sie noch nicht, dass sie damit kurze Zeit später durch die Lüfte fliegen wird.

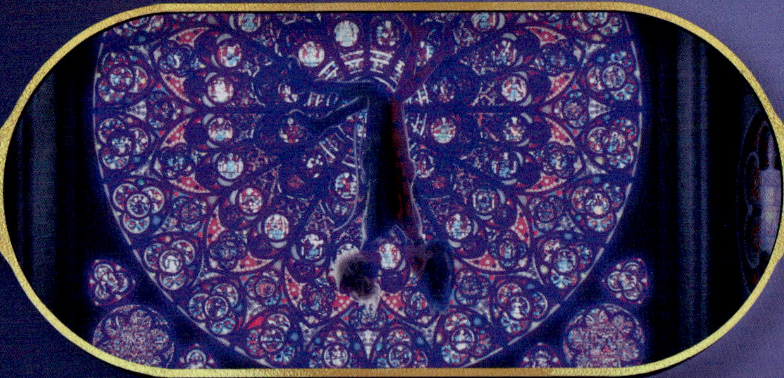

Ladybug hat ihr Jo-Jo noch nicht richtig unter Kontrolle. In einer Sturzlandung bricht sie durch das Fenster einer Kathedrale und verfängt sich im Seil ihres Jo-Jos. Kopfüber baumelt sie von der Decke – und sie ist nicht allein …

Ein smaragdgrünes Augenpaar blickt ihr entgegen.
Der Junge mit der schwarzen Maske und den Katzenohren stellt sich als Cat Noir vor.

Ein tiefes Knurren hallt durch die Kathedrale.
Während sich Ladybug und Cat Noir näher kennenlernen, schleicht sich ein Ungeheuer heran.

Hawk Moth ist ein Superschurke. Er will die Miraculous von Ladybug und Cat Noir. Um sein Ziel zu erreichen, verwandelt er Menschen mithilfe von Akumas in Bösewichte. Ladybug und Cat Noir sind die letzte Hoffnung, um ihn aufzuhalten.

„Moment mal, was? *Der* Adrien?“, fragte sie verdutzt, und Bilder von ihrer Begegnung in der Bibliothek schossen ihr durch den Kopf.

„O nein. Sag mir nicht, dass du dich angesteckt hast“, sagte Alya mit einem verschmitzten Grinsen.

„Angesteckt? Womit?“

„Mit dem *Ich-liebe-Adrien-Agreste-Fieber*.“

HOTEL
Restaurant

Kapitel 12

Adrien und Nino hatten den Jahrmarkt fast erreicht. Allein der Weg dorthin war ein Abenteuer: Die Stadt schien noch trubeliger als gewöhnlich. In der Ferne konnte Adrien bereits einzelne Fahrgeschäfte ausmachen. Vor dem gestrigen Tag wäre es das Größte für ihn gewesen, hier mit Nino unterwegs zu sein. Jetzt schweiften seine Gedanken immer wieder zu Ladybug ab.

Nino schien Adriens Abwesenheit zu bemerken. „Was ist los, Kumpel?"

Adrien zögerte. Er wusste nicht, ob er sich Nino anvertrauen sollte. Auf der anderen Seite: wem, wenn nicht ihm?

„Warst du jemals … verliebt?", fragte er vorsichtig.

Nino lachte auf. „Machst du Witze? Ich werde nicht umsonst *Doctor Love* genannt. Kenne ich sie?"

Adrien dachte an die unzähligen Zeitungsstände, an denen sie heute schon vorbeigekommen waren. Auch im Fernsehen wurde seit gestern über nichts anderes als den Wasserspeier und die zwei maskierten Gestalten berichtet. Man konnte Ladybug und Cat Noir eigentlich nicht *nicht* kennen.

„Irgendwie schon", antwortete er daher. Mehr wollte er nicht verraten.

Während Nino ihm eifrig Tipps gab, gingen die beiden weiter und betraten schon bald den riesigen bunten Jahrmarkt. Es roch nach Zuckerwatte und gebrannten Mandeln. Wo Adrien auch hinsah, waren Unmengen von Menschen – alle wirkten entspannt und fröhlich. Alle wirkten, als sei es das Normalste der Welt, einen Tag draußen mit Freunden zu verbringen. Für alle *war* es normal.

Außer für ihn.

Aus einer Achterbahn drangen vergnügte Schreie zu ihnen herüber. Nino blieb stehen und legte Adrien kumpelhaft die Hand auf die Schulter.

„Und zu guter Letzt die goldene Regel: Immer cool bleiben“, erklärte er selbstbewusst und schloss damit seine Lektion über erfolgreiches Dating ab.

„Hey, Nino!“, rief eine Stimme hinter ihnen.

Nino und Adrien drehten sich um und sahen Alya und Marinette auf sie zukommen. Ninos Gesicht färbte sich auf einen Schlag knallrot.

„Äh … hey! Wa… was geht, Alya?“, stotterte er nervös. Seine Stimme klang dabei mindestens eine Oktave höher. „Ich, äh … Du siehst …“

Dann wanderte sein Blick zu Marinette. „Hey, Marinette, wir sind uns ja schon mal begegnet. Das ist mein Freund Adrien“, sagte er und legte dabei betont lässig seinen Arm um ihn.

„Wir haben uns schon kennengelernt“, murmelte Marinette und blickte unbeholfen zu Adrien.

Nino hob seine Augenbrauen. „Oh, verstehe! Ihr zwei habt ein kleines Geheimnis …“

„Moment, was? Nein! Es ist nicht so, wie du denkst!“, entfuhr es Marinette.

„Ja, nein, nicht …“, stammelte Adrien verlegen.

„Puh, das wurde ja schnell unangenehm. Hey, wer will Achterbahn fahren? Nino, bist du dabei?“, meldete sich Alya zu Wort.

„Ich? Mit dir? Äh … auf jeden Fall! Lass uns gehen!“, antwortete Nino. Sein Gesichtsausdruck glich einer Mischung aus Freude und Todesangst.

Alya wandte sich an Marinette und Adrien. „Kommt ihr mit?“

Sie warf Nino einen vielsagenden Blick zu, und bevor Marinette oder Adrien antworten konnten, waren die beiden verschwunden. Adrien fühlte sich plötzlich etwas unbehaglich.

„Eigentlich sollte ich gehen, bevor mein Vater …“, begann er. Er hielt es auf einmal für das Beste, wieder nach Hause zurückzukehren.

Marinette, die seine Antwort abgewartet zu haben schien, stimmte ihm überschwänglich zu. „Ja, ich auch. Ich muss … meinem Vater in der Bäckerei helfen.“

„Dein Vater hat eine Bäckerei? Das ist so cool!“, erwiderte Adrien begeistert.

Auf einmal blendete er alles um sich herum aus. Die Menschen. Die Traube von Luftballons direkt neben sich. Die Geräuschkulisse. Er stellte sich vor, wie sein Leben wäre, wenn sein Vater nicht der berühmteste Modedesigner von Paris wäre.

„Ja, ich wache jeden Morgen mit dem Duft frischer Croissants auf“, schwärmte Marinette und holte ihn damit zurück aus seinen Gedanken.

„Das klingt großartig!“ Adrien meinte es auch so.

Jetzt, wo er sich mit Marinette unterhielt, stellte er wieder fest, wie sympathisch sie war. Und gar nicht mehr so schüchtern wie in der Bibliothek.

„Er ist der Beste. Oh, ich habe ein paar Macarons übrig, die du probieren kannst!“, fuhr Marinette fort.

Als sie ihre Tasche öffnete und danach kramte, purzelten ein paar ihrer Bücher heraus. Sofort bückten sich beide, um sie aufzuheben, und Adriens Blick fiel auf Marinettes aufgeschlagenes Skizzenbuch. Es waren Modeentwürfe. *Coole* Modeentwürfe.

„Wow, die sind richtig gut!", sagte Adrien bewundernd. Er wusste, wovon er sprach, schließlich war er damit aufgewachsen.

Ihre Hände berührten sich, als sie beide gleichzeitig danach griffen. Marinette ließ sich davon nicht beirren und packte das Buch zurück in ihre Tasche. Dann reichte sie Adrien die kleine Schachtel mit den Macarons.

„Wer möchte einen Liebesapfel?", ertönte es plötzlich direkt neben ihnen. Inmitten einer Traube aus Luftballons lugte eine Gestalt hervor und streckte Marinette und Adrien einen rot glasierten Apfel am Stiel entgegen. Ihrer beider Blick wanderte von dem Apfel zu dem verschmitzt grinsenden Mann. Er trug eine rosafarbene Perücke, hatte einen Bart und sah aus wie …

„Dad?!", entfuhr es Marinette. Sie starrte den Mann entgeistert an.

„Das ist dein Vater?", fragte Adrien verwundert.

„Sag es bitte nicht deiner Mutter." Marinettes Vater schien sichtlich überrascht, trotz seiner Tarnung aufgeflogen zu sein. Während Marinette ihm einen Vortrag darüber hielt, wie peinlich das Ganze war, klingelte Adriens Handy.

„Adrien, wo bist du?“, drang die Stimme seines Vaters an sein Ohr.

„Auf dem Jahrmarkt. Du solltest auch kommen, wir könnten zusammen …“

„Ich möchte, dass du sofort nach Hause kommst. Dort ist es nicht sicher für dich. Ich schicke einen Wagen, der dich abholt.“

Adrien war verwirrt, aber auch nicht sonderlich überrascht. Es war ein Wunder, dass er es überhaupt bis auf den Jahrmarkt geschafft hatte.

Inmitten der Menschenmenge stach ihm sein bulliger Bodyguard ins Auge. Adrien musste so schnell wie möglich hier weg, sonst würde er nur unnötig Aufmerksamkeit erregen!

„Äh, ich sollte jetzt nach Hause gehen“, stammelte er und entfernte sich ohne ein weiteres Wort. Ihm entging nicht Marinettes unbehaglicher Gesichtsausdruck, als er sich ein letztes Mal umdrehte. Sie und ihr Vater sahen ihm irritiert hinterher.

Was die beiden jetzt wohl über ihn dachten? Er staunte über diesen Gedanken. Er hatte bislang nie darüber nachgedacht, wie er auf andere wirkte, weil es kaum *andere* in seinem Leben gab. Jetzt musste er feststellen, dass es seltsam und vor allem schwierig war, Freundschaften zu schließen.

Restaurant

HOTEL
Restaurant

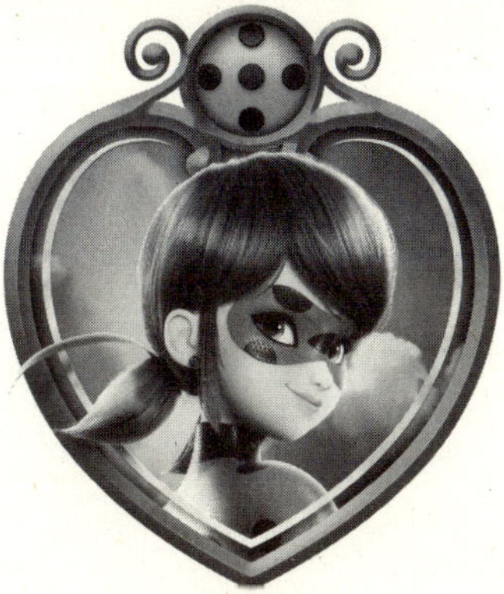

Kapitel 13

Marinette stand wie angewurzelt inmitten des bunten Treibens. Der Jahrmarkt war für sie erst mal gelaufen. Was hatte sich ihr Vater dabei nur gedacht?

„Du hast mich total blamiert!“, rief sie und vergrub vor Scham ihr Gesicht in den Händen.

„Ich bin dir peinlich?“, fragte ihr Vater verdutzt.

Es machte ihn traurig, Marinette so zu sehen. Das war nicht seine Absicht gewesen.

Er erinnerte sich zurück an die Nachrichten, die er am frühen Morgen im Fernsehen gesehen hatte. *Banküber-*

fall im Herzen von Paris … könnte mit dem Anschlag auf Notre-Dame in Verbindung stehen … verstärkte Sicherheitsmaßnahmen auf dem Jahrmarkt … Fahndung nach zwei Verdächtigen, die auf der Flucht sind.

Er wollte doch nur in der Nähe sein, um seine Tochter zu beschützen!

Aber Marinette rannte schon davon.

Geknickt wanderte er allein über den Jahrmarkt und kam schließlich an die Achterbahn.

Warum eigentlich nicht? Vielleicht brachte ihn die Fahrt auf andere Gedanken.

❊ ❊ ❊

Chloé schleppte Sabrina über den Rummel und geradewegs auf das Riesenrad zu.

„Ääh, Chloé, ich habe wirklich Höhenangst", stammelte Sabrina, als ihr klar wurde, was Chloé vorhatte. Chloé wandte sich theatralisch um und verschränkte ihre Arme vor der Brust.

„Gut, dann muss ich mir eben eine andere Freundin

suchen, die nicht so egoistisch ist und mich begleitet", fauchte sie.

Bei diesen Worten wurde Sabrina ganz anders. Mit dem Riesenrad zu fahren erschien ihr auf einmal als das geringere Übel. „Nein, nein, geht schon", sagte sie und versuchte das Zittern in ihrer Stimme zu verbergen.

Alya und Nino saßen währenddessen im Achterbahnwagen und machten sich bereit für die Fahrt.

„Das sieht nach Spaß aus! Du magst Achterbahnen, oder?", fragte Alya aufgeregt, während sie festgeschnallt wurden.

Aus Ninos Gesicht war alle Farbe gewichen. „Nein. Ich meine, nein, ich habe keine Angst", stammelte er nervös.

„Du wirst sie lieben! Drei Loopings!" Alya sah nach oben und verfolgte mit ihrem Blick den Verlauf der Bahn. Sie konnte es kaum erwarten.

Da setzte sich die Achterbahn auch schon ruckelnd in Bewegung. Nino klammerte sich an der Halterung fest und betete innerlich, dass er die Fahrt überleben würde. Sie saßen fest in ihren Sitzen – was sollte schon passieren?

Vor ihm erhoben sich die Schienen zu einem steilen Anstieg. Beinahe unerträglich langsam wurden sie im Wagen hinaufgezogen und ließen mit jedem Meter den Lärm des Rummels weiter zurück. Nino war sowieso nur auf das kettenartige Geräusch der Achterbahn fixiert.

Sie erreichten den höchsten Punkt, und Nino atmete ein letztes Mal tief durch, bevor die Achterbahn in rasantem Tempo die Schienen entlangrauschte.

Alya riss vor Begeisterung die Hände in die Luft, ihre Freudenschreie vermischten sich mit Ninos Angstschreien. Sie steuerten unaufhaltsam auf einen Looping zu. Mitten im Looping blieb die Achterbahn auf einmal stehen und ließ alle Fahrgäste in schwindelerregender Höhe kopfüber hängen.

„Was ist hier los? Warum halten wir an?“, fragte Nino und gab sich keine Mühe mehr, seine Angst zu verbergen.

Alya lachte. „Entspann dich, Nino. Das ist Teil der Fahrt.“

Während Nino sich krampfhaft am Wagen festklammerte, genoss Alya die Aussicht. Doch was war das? Unten im Getümmel des Rummelplatzes entdeckte sie zwei merkwürdig gekleidete und mürrisch dreinblickende Gestalten. Irgendwas an ihnen war faul – sie sahen gefährlich aus.

„Bösewichte!", rief Alya erschrocken. Jetzt vernahm sie auch die angsterfüllten Schreie, die von unten zu hören waren.

Auf einen Schlag wurde ihr klar, dass der Stillstand ganz und gar nicht zur Fahrt gehörte. Der fröhliche Jahrmarkt hatte sich in eine Gefahrenzone verwandelt, und sie befanden sich mittendrin – gefangen in der Achterbahn.

✲ ✲ ✲

Marinette war deprimiert. Im einen Moment hatte sie alles als aufregend und neu empfunden, im anderen fühlte sie sich wie ein Fremdkörper in dieser bunten, fröhlichen Zuckerwattewelt.

Die Sache mit Adrien und ihrem Vater ging ihr einfach nicht aus dem Kopf. Wieso musste er sie ausgerechnet in dem Moment blamieren, in dem sie sich so gut mit dem süßen Jungen aus der Bibliothek verstanden hatte?

Adrien mochte ihre Skizzen. Und die Tatsache, dass ihr Vater in einer Bäckerei arbeitete. Jetzt hielt er sie sicherlich nur noch für peinlich – sie fand die ganze Sache ja selbst peinlich.

„Schlimmer kann es heute nicht mehr werden", murmelte sie vor sich hin, während sie sich langsam dem Ausgang des Festgeländes näherte.

Warum war ihr Vater ihr überhaupt gefolgt? Marinette konnte sich keinen Reim darauf machen. *Außer …* Hatte er etwa doch Verdacht geschöpft, was ihre Rolle als Superheldin betraf? *Aber wie?*

Da wurde sie plötzlich vom Druck einer gewaltigen Explosion auf den Boden der Tatsachen zurückgeschleudert – und zwar wortwörtlich. Auf einmal vernahm sie auch die Schreie der Menschen und realisierte, dass sie nicht mehr aus Freude und Aufregung schrien, sondern aus Panik.

Sie drehte sich um und sah, wie Menschen mit angsterfüllten Gesichtern auf den Ausgang zurannten. Als wollten sie sich in Sicherheit bringen.

Bevor Marinette auch nur einen klaren Gedanken fassen konnte, schossen ihr Bilder von Alya und Nino in der Achterbahn in den Kopf. Bilder von ihrem Vater. Sie alle waren in Gefahr!

Marinette hielt sich verzweifelt die Hände an den Kopf. Was sollte sie nur tun?

Tief in ihrem Inneren wusste sie es. Sie ahnte instinktiv, dass dort auf dem Jahrmarkt etwas Gefährliches lauerte, etwas, das die Polizei nicht aufhalten konnte. Für einen kurzen Moment wartete sie dennoch darauf, dass jemand kommen und sie retten, ihr zumindest sagen würde, was zu tun war. Dabei kannte sie die Antwort schon längst.

Ja, sie wollte keine Superheldin sein. Ja, sie hatte Todesangst. Doch in diesem Augenblick wurde ihr bewusst, dass es nicht darum ging, was sie wollte oder nicht. Sie *musste* ihren Liebsten helfen.

Sie holte die Ohrstecker aus ihrer Tasche und steckte sie sich an. Tikki erschien.

„Bist du bereit, Marinette?“, fragte sie. Sie wirkte nicht überrascht. Fast so, als hätte sie mit diesem Moment gerechnet.

„Was, wenn ich versage?“

Wenn Marinette an ihr bisheriges Leben dachte, war es schwer vorstellbar, dass sie plötzlich etwas auf die Reihe bekommen sollte.

„Du musst dich deiner Angst stellen, um die Menschen zu schützen, die du liebst", sagte Tikki.

Und tief in ihrem Herzen wusste Marinette, dass sie für ihre Freunde und ihre Familie alles tun würde. Selbst wenn es bedeutete, ihre Selbstzweifel über Bord zu werfen und sich dem tosenden Sturm zu stellen.

„Tikki, verwandle mich!"

Und aus Marinette wurde Ladybug.

Restaurant

HOTEL
Restaurant

Kapitel 14

Mit ihrem Jo-Jo schwang sich Ladybug innerhalb kürzester Zeit zurück ins Zentrum des Jahrmarkts. Überall herrschte Chaos. Luftballontiere schienen zum Leben erwacht zu sein und griffen die Menschen an, Karussellpferde galoppierten über den Rummel, und einzelne Fahrgeschäfte drehten sich völlig außer Kontrolle in rasendem Tempo im Kreis.

Von allen Seiten ertönten Schreie, Menschen rannten wild durch die Gegend, und die Achterbahn mitsamt den Fahrgästen schien in der Luft festzuhängen.

Inmitten eines Rudels von Luftballonhunden entdeckte Ladybug ein einsames Baby, das sich auf dem asphaltierten Boden wand. Es war in ein Tuch gewickelt und schrie sich die Seele aus dem Leib. Als Ladybug darauf zueilte, bellten und kläfften die Luftballonhunde sie bedrohlich an.

„Lasst eure dreckigen Pfoten von dem Baby!“, schrie Ladybug und wehrte die seltsamen Köter mit ihrem Jo-Jo ab. Dann nahm sie das Baby schützend auf ihre Arme.

„Ich hab dich, alles ist gut“, sagte sie und strich dem Baby behutsam das Tuch aus dem Gesicht. *Was um alles in der Welt?!*

Das *Baby* blähte sich plötzlich auf und lachte hämisch. Erschrocken stieß Ladybug es von sich. Vor ihren Augen wurde es größer und größer und verwandelte sich in ein riesiges Ballonmonster. Bald überragte es den Jahrmarkt. Ladybug war wie erstarrt und konnte ihren Blick nicht abwenden. Was ging hier vor sich?

Hinter dem Ballonmonster schwebte plötzlich eine seltsam aussehende Gestalt herbei. Auf ihren kurzen violetten Haaren saß ein schwarzer Zylinder, und in der Hand hielt sie ein aufgefächertes Set von Spielkarten. Sie sah aus wie eine Magierin und kicherte boshaft. Etwas an ihren Augen erinnerte Ladybug an den Wasserspeier aus der Notre-Dame.

„Rück dein Miraculous raus, sofort!“, rief die Magierin.

„Oder was?“, rief Ladybug zurück.

„Oder ich zerquetsche dich wie einen Käfer!“

Wie auf ihren Befehl hin hob das Ballonmonster einen seiner riesigen Füße und war im Begriff, Ladybug damit platt zu treten.

Das war's, dachte Ladybug und wurde sich plötzlich schmerzlich ihrer Unerfahrenheit bewusst. Ein Schatten verdunkelte ihr Gesicht, als der Fuß des Monsters immer näher kam – bis im letzten Moment ein Schrei ertönte, der nicht von ihr stammte. Dann ging alles ganz schnell. Auf einmal landete Cat Noir neben ihr und richtete seinen Stab auf. Als das Monster seinen Fuß mit voller Wucht herabsenkte, bohrte der Stab sich in den Luftballon – und brachte ihn zum Platzen. Die Luft entwich mit einem lang gezogenen Pfeifen, und von dem Monster blieb nur ein schlapper Gummifetzen zurück.

„Brauchst du meine Hilfe? Ich dachte, ich schaue mal vorbei“, sagte Cat Noir in angeberischem Ton.

„O nein, du schon wieder?“ Tief in ihrem Inneren wusste Ladybug, dass sie Cat Noir eigentlich dankbar sein musste. Wäre da nicht …

„Träume werden wahr!“, sagte er und grinste sie an.

… diese Arroganz. Ladybug rollte mit ihren Augen.

„Zeit, euch verschwinden zu lassen!“, rief eine Stimme hinter ihnen.

Es war die Magierin – und sie hatte auf einmal einen Komplizen, einen Pantomimen, an ihrer Seite.

Die Magierin fächerte in einer bedrohlichen Geste ihre Spielkarten auf, während der Mime mit seiner Hand eine Pistole formte. Er drückte ab – und eine echte Kugel schoss daraus hervor! Als wäre das nicht genug, schleuderte die Magierin im selben Moment ihre Karten wie rasiermesserscharfe Geschütze auf Ladybug und Cat Noir.

Blitzschnell und einem akrobatischen Kunststück gleich packte Cat Noir Ladybug und schwang sie in die Luft, um sie vor der Kugel in Sicherheit zu bringen. Gleichzeitig zückte Ladybug ihr Jo-Jo und wehrte damit die Spielkarten ab, bevor sie Cat Noir erwischen konnten. Ladybug und Cat Noir spürten es beide im selben Moment: Ihre Miraculous pulsierten, und eine noch größere Kraft durchströmte sie.

„Unsere Kräfte …“, sagte Ladybug verwundert.

Da begriffen die beiden.

„Gemeinsam unschlagbar!“, riefen sie gleichzeitig und gaben sich einen Faustcheck.

Dann konzentrierten sie sich wieder auf den Kampf und hielten Ausschau nach den Bösewichten.

„Wo sind sie hin?“, fragte Ladybug und ließ ihren Blick schweifen.

Da! Sie entdeckte die Magierin schwebend über der Achterbahn.

„Eure letzte Fahrt wird ein Knaller!“, rief die Magierin boshaft in Richtung der Fahrgäste. Mit einem Schwung ihres Zauberstabs setzte sie die Achterbahn wieder in Bewegung.

„Jetzt geht’s los!“, hörte Ladybug ihre Freundin Alya rufen. Und auch ihren Vater konnte sie mit sorgenvollem

Gesichtsausdruck im hinteren Teil des Wagens ausmachen. *O nein.*

Der Achterbahnwagen sauste in atemberaubendem Tempo davon. Als wäre das nicht genug, schickte die Magierin zeitgleich ein neues Ballonmonster auf das Riesenrad los. In wenigen Schritten hatte es das Riesenrad erreicht und stieß es mit einem einzigen Tritt aus seiner Achse. Die Menschen darin kreischten, als es losgelöst über das Gelände rollte und dabei unentwegt an Fahrt aufnahm. Ladybug und Cat Noir durften keine Zeit verlieren. Sie mussten sich aufteilen.

„Die Achterbahn!", rief Ladybug.

„Das Rad, los geht's!", rief Cat Noir.

Mit seinem Stab katapultierte er Ladybug auf die Schienen, wo sie versuchte, den Achterbahnwagen einzuholen.

„Keine Freifahrt für dich." Die Magierin schwang erneut ihren Zauberstab und stieß den Wagen von den Schienen – jetzt flog er durch die Luft!

Ladybug folgte ihm mit ihrem Jo-Jo durch die Straßen, wo sie Cat Noir entdeckte, der verzweifelt versuchte, mit dem Riesenrad mitzuhalten und gleichzeitig dem Verkehr auszuweichen.

„Brauchst du Hilfe?“, fragte sie und schleuderte ihn mit ihrem Jo-Jo auch schon hinauf – vielleicht etwas zu kräftig, denn er prallte mit voller Wucht gegen die Fensterscheibe einer Kabine.

Der böse Mime ritt dem Riesenrad unterdessen auf einem Karussellpferd hinterher und warf ein unsichtbares Lasso. Das Seil schlang sich um Cat Noirs Bein.

Unaufhaltsam bretterte das Riesenrad durch die Straßen von Paris.

„Sabrina, hilf mir!“, schrie Chloé, die aus der Kabine hinausgeschleudert worden war und sich mit aller Kraft an den Stangen des Riesenrads festklammerte. Cat Noir gelang es zwar, sich aus dem Lasso zu befreien und den Mimen von seinem Pferd zu stoßen, doch Ladybug sah, dass er Hilfe brauchte. Dass Chloé Hilfe brauchte.

„Ich hab dich!“ In letzter Sekunde schwang sich Ladybug zu ihr hoch, packte sie und konnte es sich nicht verkneifen, sie auf den weichen Müllbeuteln eines Müllcontainers landen zu lassen.

Während Cat Noir nun auf dem Dach der Riesenradkabine mit dem Mimen kämpfte, schwang sich Ladybug zurück zum Achterbahnwagen, der in einer halsbrecherischen Fahrt noch immer durch die Lüfte flog – begleitet von der schwebenden Magierin.

„Und jetzt zum großen Finale!", rief sie. Ein Schwung ihres Zauberstabs und der Achterbahnwagen flog vertikal in den Himmel hinauf, wo er nur knapp einen Helikopter verfehlte. Dann erreichte er seinen Höhepunkt – und wechselte in den freien Fall.

„Irgendwelche letzten Worte? Jetzt wäre ein guter Zeitpunkt!", rief Alya Nino zu, während ihnen der unfassbar laute Fahrtwind ins Gesicht donnerte.

„Alya, ich liebe …", begann Nino, da schrie Alya plötzlich: „Ladybug!"

Direkt vor ihnen auf dem Wagen landete Ladybug. Mit der Kraft ihres Jo-Jos gelang es ihr, den Achterbahnwagen abzubremsen und ihn auf einer Straße landen zu lassen. Der Asphalt bebte, als der schwere und eigentlich für Schienen gemachte Wagen aufschlug und mit einem kreischenden Geräusch zum Stehen kam. Ihre Freunde und ihr Vater waren gerettet, doch noch war es nicht überstanden.

Sie schwang sich zurück zum Ballonmonster und Richtung Riesenrad, wo der Mime im Kampf gegen Cat Noir die Oberhand zu gewinnen schien. Zuerst musste sie etwas gegen das Ballonmonster unternehmen. Sie nahm kräftig Anlauf und verpasste ihm einen epischen Tritt, der es nach hinten fallen ließ. Sein Aufprall verursachte eine markerschütternde Schockwelle.

Im gleichen Moment gelang es Cat Noir, den Mimen vom Riesenrad zu stoßen. Dann ging alles ganz schnell:

Der Mime riss in seinem Sturzflug die Magierin mit sich, und beide krachten in das Ballonmonster, das noch immer auf dem Boden lag. Der Aufprall versetzte das Monster in Bewegung. In einem gigantischen Knäuel rollten die Bösewichte und das Gummibiest geradewegs auf die spitze Glaspyramide des Louvre zu.

„Ich habe eine Idee!“, rief Ladybug in Cat Noirs Richtung.

Mithilfe ihres Jo-Jos lenkte sie das rollende Riesenrad auf das Ballonmonster. Die Pyramide stoppte den gewaltigen Ballon wie ein Türstopper – dann krachte von hinten auch schon das Riesenrad hinein. Das Ballonmonster federte das Riesenrad einem Airbag gleich ab. Doch in der nächsten Sekunde gab es einen lauten Knall: Das Riesenrad hatte das Ballonmonster mit seinem ganzen Gewicht gegen die Spitze der Pyramide gedrückt und – peng! – den Ballon zum Platzen gebracht. Das Monster war besiegt!

Die Menschen im Riesenrad jubelten.

„Der Louvre. Gute Idee!“, gab Cat Noir anerkennend zu.

Inmitten der Gummifetzen entdeckten sie die Magierin und den Mimen, die beide sichtlich überrumpelt wirkten. Zwei dunkle Schmetterlinge stiegen von den beiden Schurken auf.

Das mussten die Akumas sein, von denen Tikki gesprochen hatte!

„Du weißt, was zu tun ist, oder?“, fragte Cat Noir.

„Ich denke schon!“, antwortete Ladybug. Sie zückte ein letztes Mal ihr Jo-Jo, warf es nach den Akumas und fing sie damit ein.

„Hab ich euch! Tschüss, ihr kleinen Schmetterlinge.“

Zwei weiße, von der dunklen Magie befreite Schmetterlinge stiegen in die Luft und flogen davon.

Polizeiwagen näherten sich und hielten direkt vor dem Louvre. Die Polizisten trauten ihren Augen nicht, als sie begriffen, was geschehen war.

„Ihr habt gerade die meistgesuchten Diebe von Paris gefasst!“, sagte einer von ihnen mit erstauntem Blick auf die zurückverwandelten Schurken.

„Und unser Leben gerettet!“, rief eine bekannte Stimme. Alya rannte auf sie zu. „Ladybug und … wer bist du?“, fragte sie an Cat Noir gewandt.

„Ich bin nur der Assistent“, erwiderte Cat Noir.

Ladybug staunte: Das waren ja ganz neue Töne! Doch sie fügte hinzu: „Wir sind Partner. Er ist Cat Noir.“

Sie sahen sich an, und ein Lächeln huschte über ihre Gesichter.

Im selben Moment blitzte eine Kamera auf.

Die Stadt hatte zwei neue Superhelden.

HOTEL
Restaurant

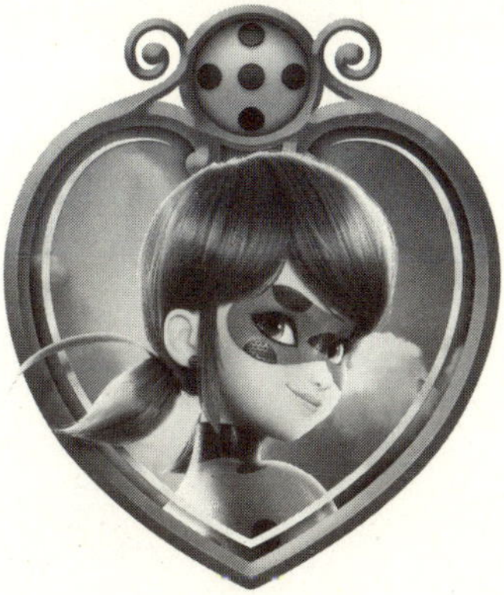

Kapitel 15

Von diesem Tag an bekämpften Ladybug und Cat Noir regelmäßig Bösewichte. Sie machten ihre Heimatstadt Paris zu einem sichereren Ort. Die Zeiten, in denen über ihre Identität und ihre Motive spekuliert wurde, gehörten der Vergangenheit an. Alle waren sich nun einig, dass es sich bei den beiden um Freunde handelte – nicht um Feinde.

Mit jedem weiteren bekämpften Gegner, mit jedem weiteren gefangenen Akuma gewann Ladybug an Selbstbewusstsein, gewannen sie und Cat Noir an Stärke. Zusammen mit ihm fühlte sie sich beinahe unbesiegbar. Das hatte Tikki also damit gemeint, als sie von den zwei Hälften sprach. *Zwei Hälften sind als Ganzes stärker.* Sie hatte recht.

Auch in ihrem Privatleben bemerkte Marinette Veränderungen. Zum einen die Tatsache, dass sie neben ihren liebenden Eltern (bei ihrem Vater hatte sie sich nachträglich entschuldigt) zum ersten Mal auch Freunde hatte. Freunde, die sich für sie interessierten und die für sie da waren, vor allem Alya. Seit ihrem ersten Schultag war sie nicht von Marinettes Seite gewichen.

Zum anderen spürte Marinette, wie ihr mit einem Mal alles leichterfiel. Klar, ihre Selbstzweifel fanden ab und an immer noch den Weg in ihre Gedanken, aber dann dachte sie daran, dass sie Woche für Woche Superschurken besiegte und unzählige Menschenleben rettete – so dumm stellte sie sich also gar nicht an, oder? Wenn sie das Chaos, das von Hawk Moth ausging, im Griff hatte, konnte sie vielleicht auch den Rest bewältigen. Dieser Gedanke machte sie stark, und bald schon staunten auch ihre Mitschülerinnen und Mitschüler: über Marinettes elegante

Performance auf dem Schwebebalken, über ihr wunderschönes Flötensolo oder darüber, dass sie in Chemie keine Explosionen mehr verursachte.

Zum ersten Mal in ihrem Leben fühlte sich alles richtig an.

Marinette und Alya verließen gemeinsam das Klassenzimmer und liefen den Korridor entlang. In den letzten Tagen hatte sich ein überraschender Gedanke in Marinettes Kopf geschlichen.

„Ernsthaft, Alya, denkst du, Adrien würde Ja sagen?“, fragte sie ihre Freundin.

„Klar! Und ich werde Nino fragen“, antwortete Alya mit einem glücklichen Lächeln im Gesicht. Es machte Marinette froh, ihre Freundin so zu sehen. Ihre Freundin sicher zu wissen. Ab und an schossen ihr noch immer Bilder von dem fliegenden Achterbahnwagen durch den Kopf.

An einem der Spinde lehnte Chloé und lauerte Marinette auf.

„Ich denke, ihr zwei solltet zusammen gehen, denn Adrien kommt mit mir, nicht mit irgend so einem dahergelaufenen Bäckersmädchen", sagte sie hochnäsig. Offensichtlich hatte sie das Gespräch von Marinette und Alya belauscht.

Marinette zögerte nicht und ergriff das Wort: „Es reicht, Chloé! Die Erwachsenen unterhalten sich, warum gehst du nicht und bringst deine Frisur in Ordnung? Sie sieht aus wie ein Rattennest."

Chloés Gesichtsausdruck wechselte von hochnäsig zu panisch, und sie rannte davon – vermutlich, um sich um ihre Haare zu kümmern. Alya brach in Gelächter aus, und auch Marinette konnte sich ein Grinsen nicht verkneifen. Warum hatte sie nicht früher den Mut gehabt, sich gegen Chloé zu wehren? Chloé hielt sich für etwas Besseres und brachte damit nur Schlechtes zum Vorschein. Jetzt, wo sie genauer hinsah, erkannte Marinette, dass es keinen Grund gab, sich vor ihr zu fürchten.

Als Marinette nach Hause kam, stürmte sie in ihr Zimmer und setzte sich sofort an den Schreibtisch. Sie begutachtete die selbst designte Anzugfliege von allen Seiten, dann legte sie sie sorgfältig zwischen das Seidenpapier einer kleinen Schachtel.

„Tikki, ich werde es tun!“, sagte Marinette mit voller Überzeugung.

„Was denn?“, fragte Tikki, die nun neben Marinettes Schreibtisch schwebte.

Marinette, die wild mit ihrer Schere hantiert hatte, hielt inne. „Das Unheimlichste, was ich jemals gemacht habe!“, entfuhr es ihr.

Tikki ließ sich von Marinettes Aufregung anstecken, und ihre Augen begannen zu leuchten. „Das ist die richtige Einstellung! Wen retten wir?“, fragte sie.

Marinette ignorierte Tikkis Frage. „Ich werde Adrien fragen, ob er mit mir auf den Schulball geht. Ich habe schon alles geplant: mein Outfit, was ich sagen werde, eine hübsche Fliege …“

In Gedanken stand Marinette schon vor ihm. Wie er wohl reagieren würde? Sie dachte an sein süßes Lächeln und ihr wurde warm ums Herz.

„Wow, Marinette, Hawk Moth ist immer noch da draußen unterwegs, vielleicht sollten wir lieber konzentriert bleiben.“ Tikki schien auf einmal gar nicht mehr aufgeregt, sondern eher besorgt.

Marinette ließ sich davon nicht beirren. „Entspann dich, Tikki! Wir haben jeden Superschurken, den er uns geschickt hat, fertiggemacht! Er versteckt sich wahrscheinlich vor Angst!“

Sie schrieb etwas auf eine kleine Karte und befestigte sie an der Schachtel. *Fertig.*

„Oder es ist die Ruhe vor dem Sturm“, sagte Tikki.

Im selben Moment leuchteten Marinettes Ohrstecker auf.

Ein Notruf von Cat Noir.

Restaurant
★★★

HOTEL
Restaurant

Kapitel 16

Ladybug landete in einer Kuppel des ehemaligen Theaters, zu dem er sie gerufen hatte. Inzwischen war das Gebäude verlassen – es gab dort schon lange keine Aufführungen mehr.

„Also gut, Kitty, machen wir es kurz. Ich habe morgen einen großen Tag vor mir und brauche meinen Schönheitsschlaf."

Cat Noir beobachtete, wie Ladybug suchend umherwanderte und dabei seinen Namen rief. Von Sekunde zu Sekunde wurde ihr Gesichtsausdruck angespannter.

An einer Säule aus Stein entdeckte sie Kratzspuren. Dann fand sie seinen Stab auf dem Boden. Ladybug erschrak.

„Ich habe es nicht rechtzeitig geschafft, sie haben ihn mitgenommen, er ist weg!", rief sie panisch. „Kitty!"

Das war der richtige Moment.

Er ließ seinen Stab wie durch Zauberhand zu sich nach oben ins Dachgebälk schnellen.

„Ich bin dir also doch wichtig", sagte er und sprang in einem Satz zu Ladybug herab.

Ladybug brauchte einen Moment, um zu realisieren, dass er unversehrt war, dann rollte sie mit den Augen und rief verärgert: „Ich hasse dich!"

„Das werden wir sehen. Folg mir!" Er sprang voraus.

Ladybugs Widerwille verwandelte sich schnell in Staunen, als sie Cat Noir ins Innere des Gebäudes folgte. Im schwachen Licht des hereinscheinenden Mondes sah sie einen imposanten Theatersaal. Ihre Schritte hallten auf dem Boden, als sie langsam auf die große Bühne zuging.

„Wow. Lass mich raten, hierher bringst du alle deine

Dates?", scherzte sie und setzte sich zu ihm an den Rand der Bühne.

Cat Noir wurde ernst. „Eigentlich habe ich noch nie jemanden hierhergebracht. Nach dem Tod meiner Mutter habe ich mir geschworen, mich niemandem mehr anzunähern. Ich konnte einfach den Gedanken nicht ertragen, noch jemanden zu verlieren."

„Das tut mir leid, Cat Noir", sagte Ladybug mit weichem Blick.

Sein Gesicht erhellte sich ein wenig. „Es muss dir nicht leidtun. Ich bin nicht mehr traurig, seit ich dich getroffen habe."

Er machte eine kleine Pause und sah ihr tief in die Augen.

Dann fügte er hinzu: „Ich habe eine Kleinigkeit vorbereitet, aber ich weiß auch nicht … ich will es nicht vermasseln."

Ladybug wandte ihren Blick ab. „Seit ich dich kenne, habe ich keine Angst mehr. Weißt du, jemand hat mir mal gesagt, dass Scheitern nicht dein Feind ist – sondern deine Ängste!"

Er musste lächeln, als sie ihn an seine eigenen Worte erinnerte.

„Dann bin ich wohl bereit, mich zum Narren zu machen“, sagte er und stand auf. Mit einem Ruck zog er das weiße Laken von einem schwarz glänzenden Konzertflügel und setzte sich davor.

„Und du brauchst dafür ein Klavier?“, fragte Ladybug neugierig.

Cat Noir legte seine Hände auf die Tasten. „Ein Geschenk, für dich.“

Ladybug stand die Überraschung ins Gesicht geschrieben, als er zu spielen und zu singen begann.

In den letzten Wochen hatten sich all die Gefühle in ihm zu Worten geformt. Mit dem Lied konnte er ihr endlich sagen, was ihm auf dem Herzen lag: dass sie ihm eine neue Welt offenbart hatte, eine Welt, in der er sich zum ersten Mal frei fühlte.

Während er weitersang, nahm er ihre Hand, und sie tanzten gemeinsam über den Dächern von Paris. Ladybug stimmte mit ein, und jedes ihrer Worte streichelte seine Seele.

Sie fühlt genauso. Sie fühlt sich stärker, wenn ich an ihrer Seite bin.

Er führte sie zu einem Aussichtspunkt, und sie blickten auf die golden funkelnde Stadt hinab, in deren Mitte der Eiffelturm emporragte. Das Wahrzeichen von Paris.

Cat Noir sah Ladybug verliebt an. „Mit deiner Maske rettest du jeden Tag die Welt, doch das Mädchen hinter der Maske hat mein Herz gerettet."

Auf einmal bemerkte er, wie sich Ladybugs Gesichtsausdruck veränderte. Er meinte, darin Schmerz zu lesen – und Mitleid.

Ihr Herz ist schon an einen anderen vergeben.

Ladybug zog sich von ihm zurück. „Es tut mir leid", sagte sie. Einen Moment hielt sie inne, dann sprang sie ohne ein weiteres Wort in die dunkle Nacht davon.

Der Mond, der ihm zuvor romantisch und schön vorgekommen war, schien ihn nun zu verspotten. Geknickt und mit gebrochenem Herzen setzte er sich und ließ die Beine über eine Dachkante baumeln. Wenn er an sein bisheriges Leben dachte, musste er sich eigentlich nicht über Ladybugs Reaktion wundern. Alle, die er bisher geliebt hatte, hatten ihn entweder abgewiesen oder waren aus seinem Leben verschwunden.

„Wie konnte ich denken, dass sie in mich verliebt ist? Hinter dieser Maske verbirgt sich nur ein leeres Herz", murmelte er vor sich hin.

Da erschien wie aus dem Nichts sein Kwami Plagg.

„Weißt du, was noch leer ist? Mein Magen! Hör zu, Kleiner, ich hab dir gesagt, du sollst dich nicht in deine Assistentin verlieben!"

Das war das Letzte, was er im Moment gebrauchen konnte.

Er verwandelte sich zurück und machte sich auf den Weg nach Hause – es war bestimmt schon spät. Nicht dass es seinen Vater interessierte. Wahrscheinlich hatte er seine Abwesenheit nicht einmal bemerkt. In letzter Zeit kam ihm sein Vater noch gereizter vor als sonst, und er bekam ihn so gut wie nie zu Gesicht. Vielleicht hatte es Kritik an einer seiner Kreationen gegeben.

Umso mehr überraschte es Adrien, als er sein Zuhause betrat und Gabriel Agreste von den Treppen herunter auf ihn zukam.

„Adrien, ich habe auf dich gewartet. Wo warst du?“, fragte er.

Adrien wusste nicht, wie ihm geschah. Erst die Abfuhr von Ladybug und jetzt das geheuchelte Interesse seines Vaters. In ihm brodelte es.

„Was kümmert dich das?“, fuhr er ihn an.

„Du bist letzte Nacht nicht nach Hause gekommen.“

„Auf einmal machst du dir Sorgen um mich?“ Adrien konnte sich ein schmerzerfülltes Lachen nicht verkneifen.

„Natürlich mache ich mir Sorgen, ich bin dein Vater.“

„Mein Vater? Ich habe meinen Vater vor langer Zeit verloren.“ Ohne ihn eines weiteren Blickes zu würdigen, ging Adrien an ihm vorbei und in sein Zimmer.

Er hörte noch, wie sein Vater seinen Namen rief, doch er ignorierte ihn und schloss die Tür hinter sich. Er wollte von nichts und niemandem mehr etwas wissen.

HOTEL
Restaurant

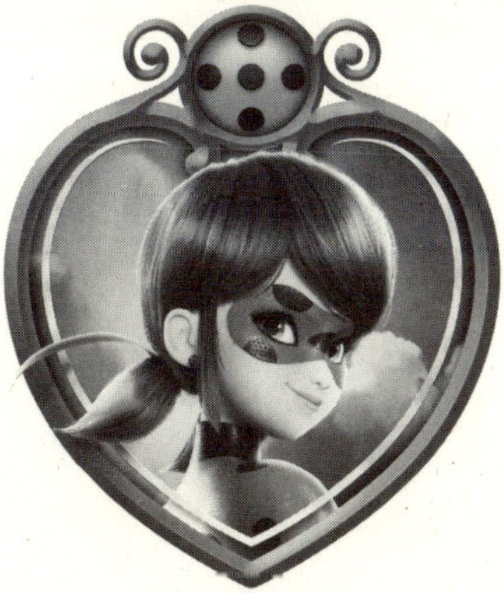

Kapitel 17

Marinette blickte auf die liebevoll verpackte Schachtel in ihrer Hand und atmete tief durch. Sie war schon lange nicht mehr so aufgeregt vor einem Schultag gewesen wie heute. Kurz dachte sie an den vergangenen Abend zurück. An Cat Noirs liebevolle Worte und seine strahlend grünen Augen. An die Wärme, die sich in ihrem Inneren ausgebreitet hatte wie ein kuscheliger Teppich. Es war so romantisch gewesen – und gleichzeitig beängstigend. Denn wenn sie, Marinette, doch in Adrien verliebt war, wie konnte sie dann gleichzeitig Gefühle für Cat Noir …?

Stopp. Das war Ladybugs Problem. Heute war sie Marinette, eine Highschool-Schülerin, die im Begriff war, etwas *Highschooliges* zu tun und einen Jungen zum Ball zu bitten. Den sympathischsten und süßesten Jungen, dem sie je begegnet war. Sie versteckte sich hinter einer Reihe von Spinden und spähte vorsichtig um die Ecke. Bis auf ein paar vereinzelte Schülergrüppchen war der Schulkorridor leer. Optimale Voraussetzungen.

Da kam Adrien mit gesenktem Kopf und langsamen Schritten den Gang entlang. In seinen Ohren steckten Kopfhörer, und er schien völlig gedankenversunken.

Vor seinem Spind blieb er stehen. Auf diesen Moment hatte Marinette gewartet!

„Adrien? Hey!", sagte sie fröhlich und trat hervor. Ihre Nervosität versuchte sie genauso zu verbergen wie die kleine Schachtel hinter ihrem Rücken.

Als Adrien Marinette bemerkte, nahm er einen seiner Kopfhörer aus dem Ohr und sah sie mit verwirrtem Gesichtsausdruck an. „Hey, Marinette."

„Hey, ich … ähm … habe über den Ball nachgedacht und mich gefragt, ob du vielleicht mit mir hingehen möchtest?", stammelte sie und wagte es nicht, ihm dabei in die Augen zu sehen.

Als sie ihm das Geschenk entgegenstreckte und ihren Blick endlich auf ihn richtete, bemerkte sie seinen traurigen Gesichtsausdruck. Er sah müde aus. Und geknickt.

Sein Blick wanderte unbehaglich von der Schachtel zum Boden des Korridors.

„Ääh, tut mir leid, Marinette, aber ich kann nicht. Es gibt da eine andere … Es tut mir leid."

Die Worte schienen ihm schwerzufallen und genauso schwer fielen sie auf Marinette hinab und hinterließen einen fiesen Stich in ihrem Herzen. Adrien wandte sich mit entschuldigendem Gesichtsausdruck von ihr ab und steckte sich beim Gehen seinen Kopfhörer zurück ins Ohr.

Marinette, noch immer die Schachtel in ihren ausgestreckten Händen haltend, sah ihm nach. Bevor sie richtig realisieren konnte, was seine Worte bedeuteten, meldete sich eine bekannte Stimme hinter ihr zu Wort:

„Ich habe ja versucht, dich zu warnen: Märchen werden nicht wahr. Es gibt eine andere, und sie steht direkt vor dir. Hör auf, dich uns in den Weg zu stellen!", sagte Chloé und trat aus dem Schatten des Korridors hervor. Sie blickte Marinette eindringlich in die Augen, dann stolzierte sie hocherhobenen Hauptes davon.

Marinette war am Boden zerstört. Traurig sah sie auf die Schachtel in ihren Händen herab, die so viel Hoffnung in sich getragen hatte. Jetzt symbolisierte sie für Marinette nur noch Enttäuschung und Liebeskummer. Ihr Blick verschwamm von den aufsteigenden Tränen, und sie pfefferte die Schachtel achtlos in einen nahestehenden Mülleimer.

Dann ging sie in den Unterricht, auch wenn sie wusste, dass sie sich auf nichts würde konzentrieren können.

* * *

Gabriel stand vor dem Gemälde seiner Frau und spürte, wie die Wut durch seinen Körper strömte. Nicht nur dass sein Sohn Adrien ihn zu hassen schien und ihm einmal mehr bewusst wurde, dass er als Vater vollkommen versagt hatte – nein: Die letzten Wochen über hatte er unzählige Akumas ausgesandt und Schurke für Schurke auf Ladybug und Cat Noir gehetzt, und keiner von ihnen, kein einziger, war auch nur annähernd an ihre Miraculous gekommen. Im Gegenteil: Ladybug und Cat Noir schienen mit jedem besiegten Schurken und jedem befreiten Akuma stärker zu werden.

Er hasste sie alle: Ladybug und Cat Noir, aber auch jeden einzelnen seiner Schurken, diese nichtsnutzigen Idioten. Schwächlinge.

Alles muss man selbst machen.

Ein Gedanke schoss ihm durch den Kopf. Vielleicht war es wirklich an der Zeit, die Dinge selbst in die Hand zu nehmen.

Er wandte sich wieder an das Gemälde. „Emilie, meine Liebe, wenn ich dich nicht zu uns zurückbringen kann, dann komme ich eben zu dir."

Dann, als spräche er mit einer höheren Macht, rief er in den leeren Raum hinein: „Ihr wollt ein dunkles Herz? Ist es das, wonach ihr euch sehnt? Nehmt MEINES!"

Hunderte, nein, Tausende von Akumas erschienen wie aus dem Nichts und wirbelten um Gabriel herum, ließen ihn in die Luft emporschweben und verwandelten ihn in die schlimmste Version seiner selbst.

Als Hawk Moth öffnete er seine Augen und trat hinaus ins Freie.

„Ich hasse euch, Ladybug und Cat Noir."

Ein riesiger Schwarm aus Akumas formierte sich über Paris.

* * *

Als Marinette nach der Schule nach Hause kam, versuchte sie sich unbemerkt an ihren Eltern vorbeizuschleichen. Sie wollte sich einfach nur noch in ihrem Zimmer verkriechen – und am besten nie wieder herauskommen.

Die Treppe gab ein lautes Knarzen von sich.

Mist.

Das Geräusch ließ Marinettes Mutter aufhorchen. In der nächsten Sekunde hatte sie sie auch schon entdeckt. „Marinette, ist alles in Ordnung?"

Auch ihr Vater blickte sie fragend an.

Marinette konnte ihre Tränen nicht länger zurückhalten. „Ich hasse mein Leben!", rief sie, rannte weinend in ihr Zimmer und knallte die Tür hinter sich zu. Sie hoffte, ihre Eltern würden sie erst mal in Ruhe lassen. Sie brauchte Zeit für sich, um alles sacken zu lassen.

Marinette trat auf ihren kleinen Balkon hinaus und setzte sich in ihren Hängestuhl. Sie zog die Spitze ihres Schuhs durch eine seichte Pfütze am Boden und verlor sich in der Spiegelung des Wassers. Ihr schossen altbekannte Zweifel in den Kopf, als wären sie nie weg gewesen. Vielleicht nur gut verstaut in einem Schrank, doch dieser Schrank war aufgebrochen und brachte all das zutage, was sie die letzten Wochen über verdrängt hatte. Sie war eine Versagerin. Sie war nichts ohne Ladybug. Wie hatte sie annehmen können, dass es anders wäre?

Ihr war nach Schreien zumute. Sie hörte Schreie. *Moment mal.*

Sie hob ihren Kopf und stellte erschrocken fest, dass sich die Stadt plötzlich auf eigenartige Weise verdunkelt hatte. Sie sprang auf, rannte zum Geländer ihres Balkons und sah hinunter. Ein gewaltiger Sturm fegte durch die Straßen, Menschen flüchteten in Panik, und Autos krachten hupend ineinander.

Grelle Blitze durchzuckten den dunklen Himmel, und ein unheimliches Donnergrollen ließ den Boden unter ihren Füßen vibrieren. Es war beinahe, als hätte der Sturm auch ihre Selbstzweifel hinweggefegt, denn von einer Sekunde auf die andere wurde sie nur noch von einem einzigen Impuls getrieben: Sie musste den Menschen dort unten helfen.

Sie blickte auf die Ohrstecker in ihrer Hand. Dann ballte sie die Hand entschlossen zur Faust.

Im nächsten Moment sprang Ladybug von ihrem Balkon und landete inmitten der verwüsteten Stadt. Mit einem Mal waren die Schreie und der Lärm der Autos verstummt. Die Stadt war beinahe gespenstisch still. Das Einzige, was sie hörte, waren ihre Schritte auf dem von Rissen durchzogenen Asphalt, während sie voller Entsetzen die Straße entlangging. Wohin sie auch blickte, sah sie Zerstörung: zur Seite gekippte Autos und Busse, zerbrochene Fensterscheiben, umgestoßene Straßenlaternen, Ampeln, Schilder, aus den Häusern katapultierte Möbel. Die Straße hatte sich binnen kürzester Zeit in ein einziges Trümmerfeld verwandelt.

Von hinten drang ein Geräusch an ihr Ohr. Eine Frau und ein Kind rannten mit panischen Gesichtern auf sie zu. Ladybug riss ihre Augen auf, als sie einen riesigen Akuma-Schwarm hinter den beiden ausmachte.

„In Deckung!“, schrie Ladybug.

Die beiden beschleunigten ihr Tempo, doch das Kind stolperte und stürzte zu Boden.

„Mama!“

Entsetzt wandte sich die Mutter um. Der Schwarm türmte sich bereits bedrohlich auf, doch sie eilte zurück zu ihrem Kind und hob es hoch. Es war zu spät, die dunkle Wolke würde sie überrollen. Schützend beugte sie sich über ihr Kind und kniff angsterfüllt die Augen zusammen. Da flog Ladybug mit ihrem Jo-Jo herbei und schaffte es gerade noch rechtzeitig, sie in eine Seitenstraße zu ziehen, bevor der Schwarm an ihnen vorbeirauschte.

Ein paar Meter weiter krachte ein Auto vom Himmel. Ladybug musste weiter und herausfinden, wer hinter all dem Chaos steckte. Was für einen Gegner Hawk Moth diesmal auch geschaffen hatte: Er schien stärker und bösartiger als alle Schurken zuvor.

Andauernd huschten dunkle Wolken aus Akumas an ihr vorbei.

Ladybug kämpfte sich voran, duckte sich immer wieder vor den unheilbringenden Schmetterlingen, bis sie bemerkte, dass die Akumas alle in eine bestimmte Richtung flogen. Konzentriert verfolgte Ladybug ihre Flugbahn, bis zum Eiffelturm. Und tatsächlich: Über der Spitze des markantesten Wahrzeichens der Stadt rotierten die Akuma-Schwärme bedrohlich im Kreis, als versammelten sie sich dort. Als *kämen* sie von dort.

Ladybug begriff, dass es sich bei dieser ganzen Sache um etwas Größeres handelte. Etwas Düsteres, abgrundtief Böses. Und dass sie das keinesfalls allein schaffen würde.

„Wo bist du, Cat Noir?"

Ehe sie die Frage ausgesprochen hatte, formierte sich ein neuer Akuma-Schwarm über ihrem Kopf, bereit, auf sie herabzustürzen.

Restaurant

HOTEL
Restaurant

Kapitel 18

Am anderen Ende der Stadt lag Adrien im Bett und hörte über Kopfhörer George Michaels *Careless Whisper* in Dauerschleife. Sein Ring leuchtete wie verrückt, doch das kümmerte Adrien nicht. Völlig versunken in seinen Liebeskummer starrte er an die Zimmerdecke. Er versuchte, seine Gedanken an Ladybug abzustellen, doch es wollte ihm nicht gelingen. Immer wieder sah er ihr maskiertes Gesicht vor sich.

„Je weniger du interessiert bist, desto mehr laufen sie dir hinterher“, murmelte er, als er bemerkte, dass sein

Ring noch immer aufleuchtete. Er drehte seinen Kopf weg.

Plagg hingegen wurde zunehmend ungeduldiger.

„So, die Selbstmitleidsparty ist vorbei, Kleiner. Los geht's!“, befahl er.

Adrien richtete sich in seinem Bett auf, irritiert von der Strenge in Plaggs Stimme.

„Diesmal mach ich keine Witze!“ Plagg brüllte jetzt beinahe. So ernst hatte Adrien ihn noch nie erlebt.

Er stand auf, ging zu seinem Fenster und riss die schweren Vorhänge beiseite. Entsetzen machte sich auf seinem Gesicht breit, als er das Chaos in der Stadt sah. Er zögerte keine Sekunde und ballte entschlossen seine Hände zu Fäusten.

„Plagg, verwandle mich!“, rief er.

Im nächsten Moment sprang Cat Noir aus dem Fenster und hinab ins Getümmel – er musste Ladybug finden.

Beim Anblick seiner geliebten und nun zerstörten Stadt überkam Cat Noir ein eigenartiges Gefühl. Als wäre er in einem Albtraum gefangen.

Wo bist du, Ladybug?

Er ärgerte sich über sich selbst. Wie hatte er seinen Ring nur so lange ignorieren können? Was, wenn Ladybug etwas zugestoßen war, und das nur wegen seines Stolzes? Das würde er sich niemals verzeihen können! Doch daran wollte Cat Noir jetzt nicht denken, nicht solange noch Hoffnung bestand, dass er sie rechtzeitig fand.

Immer wieder huschten dunkle Schatten über den Himmel, Schatten, dunkler als die Nacht. In der Ferne schienen sie sich zu einer riesigen Wolke zu formieren. Im selben Moment, in dem er erkannte, dass die Schatten aus Zigtausenden Akumas bestanden, entdeckte er auch Ladybug, die sich ihnen entgegenzustemmen versuchte.

Sie schien nach ihrem Jo-Jo greifen zu wollen, doch die Akumas stürzten sich bereits auf sie. Er eilte auf sie zu. In allerletzter Sekunde sprang sie davon – und landete direkt in seinen Armen. Der Akuma-Schwarm schlug unweit von ihnen auf dem Asphalt auf, und die einzelnen Akumas wichen in alle Richtungen zurück. Es würde bestimmt nicht lange dauern, bis sie erneut angriffen.

„Sieht so aus, als ob du mich doch brauchst“, sagte Cat Noir zu Ladybug, die noch immer in seinen Armen lag.

Für einen kurzen Moment lächelte sie ihn an, dann schien sie sich zu besinnen und wich von ihm zurück.

„Schön, dass du auch mal gekommen bist!"

Sie war verärgert, doch Cat Noir konnte sich einen weiteren Spruch nicht verkneifen.

„Ist dein Freund zu beschäftigt, um dir zu helfen?"

Ladybug stöhnte auf. „Damit fangen wir jetzt gar nicht erst an."

Auf einmal bemerkte er eine Veränderung an ihr. Es schien ihm, als hätte sie … *Angst*.

„Wir haben nicht das Zeug dazu, Cat Noir", sagte sie wie zu seiner Bestätigung und meinte damit das unbekannte Etwas, von dem all die dunkle Macht um sie herum ausging. „Es ist zu stark."

Sie hielt sich ihren Arm, als hätte sie Schmerzen, und Cat Noir begriff, dass sie sich ernsthaft verletzt haben musste.

Er folgte ihrem Blick zum Eiffelturm, um dessen Spitze unzählige Akuma-Schwärme kreisten. Er musste dort hoch – zur Not auch allein.

„Hast du Angst zu versagen oder Angst zu kämpfen?",

fragte Cat Noir sie ernst und zückte seinen Stab. „Ich übernehme ab hier.“

Mit diesen Worten sprintete er los Richtung Eiffelturm. Was oder wer auch immer dort oben auf ihn wartete – er würde sich ihm stellen. Er würde Paris nicht im Stich lassen.

„Nein, Cat Noir! Es heißt doch … gemeinsam … unschlagbar“, hörte er Ladybug aus der Ferne hinter sich herrufen, doch er kletterte bereits in unglaublicher Geschwindigkeit die stählernen Pfeiler des Eiffelturms hinauf. Sein Ärger und seine Enttäuschung trieben ihn voran. Unzählige Gegner hatten sie gemeinsam besiegt, und nun machte Ladybug einen Rückzieher? *Zu stark*, ha, dass er nicht lachte! Bislang war noch niemand gegen sie angekommen.

Der Turm reckte sich über ihm in den Himmel. Aus allen Richtungen griffen Akumas an, doch er wehrte sie energisch ab. Je weiter er nach oben kam, desto dichter wurde der Schwarm.

Schließlich erreichte er die Spitze, und es fühlte sich an, als hätte er den Rest der Welt hinter sich gelassen. Der

Fluss Seine glänzte von hier oben wie flüssige Seide, die Stadt lag Hunderte Meter unter ihm. Cat Noir richtete seinen Blick wieder nach vorn und glaubte plötzlich, eine Gestalt inmitten des gewaltigen Akuma-Schwarms ausmachen zu können. Und tatsächlich: Der Schwarm lichtete sich und gab die Sicht frei auf einen großen, schlanken Mann. Er trug eine silberne Maske, die den größten Teil seines Gesichts bedeckte, und einen eleganten Anzug, der sich kaum von der Dunkelheit um sie herum abhob. Dann fiel Cat Noirs Blick auf die Brosche, die der Mann an seinem Körper trug. Sie hatte die Form einer Motte.

Mit einem Mal dämmerte es Cat Noir: Das war kein weiterer akumatisierter Schurke.

Das war Hawk Moth.

„Das Kätzchen ist im Maul des Löwen", sprach Hawk Moth auch schon, als er Cat Noir erblickte.

Cat Noir zögerte keine Sekunde und stürzte sich auf ihn, doch Hawk Moth wehrte ihn mühelos ab und warf ihn zu Boden.

„Cat Noir!", hörte er eine bekannte Stimme von weit weg rufen.

Ladybug! Sie musste ihm doch gefolgt sein.

Doch ihm blieb keine Zeit, nach ihr Ausschau zu halten. Hawk Moth beschwor all seine Kräfte herauf. „Dann wollen wir mal sehen, ob Katzen wirklich immer auf ihren Pfoten landen", rief er und stieß ein teuflisches Lachen aus.

Im nächsten Moment erfasste eine gigantische lilafarbene Explosion den Turm und brachte ihn zum Einsturz – mitsamt Cat Noir, der umgeben von Hunderten von Trümmern schreiend in die Tiefe fiel.

HOTEL
Restaurant

Kapitel 19

Ladybug beobachtete entsetzt, wie der Eiffelturm unter ohrenbetäubendem Lärm in sich zusammenstürzte und in tausend Teile zerbarst. Die Eisenstücke flogen in alle Richtungen durch die Luft, ehe sie wie schwere Geschosse zu Boden und in die Seine stürzten. Erst als sie Cat Noir inmitten der Trümmer herunterfallen sah, die Arme dem Abgrund voller Panik entgegengestreckt, gelang es ihr, sich aus ihrer Schockstarre zu lösen.

Doch egal, wie schnell sie rannte: Sie konnte nicht verhindern, dass Cat Noir mit einem schmerzhaft klingenden Platschen in den Fluss fiel, dicht gefolgt von einem großen Metallstück, das an derselben Stelle ins Wasser krachte. Was, wenn es ihn getroffen hatte? Ladybug sprang hinterher, tauchte unter ins kühle Nass und erspähte Cat Noir, der bewusstlos in die Tiefe sank. Sie musste ihn so schnell wie möglich an die Wasseroberfläche bringen!

Sie tauchte ihm nach, ergriff seinen schlaffen Körper und zog ihn mit sich nach oben, wo sie sofort nach Luft schnappte. Sie befanden sich in der Mitte des Flusses. Ladybug hatte nicht lange Zeit, um zu überlegen: Sie entschied sich für eine Seite des Ufers und schwamm, so schnell sie konnte, darauf zu. Cat Noirs leblosen Körper zog sie keuchend hinter sich her.

Kurz vor dem Ufer schwebte eine dunkle, teuflisch lachende Gestalt vor ihnen herab. Akumas wirbelten um sie herum wie eine schützende Wolke, schienen sie zu tragen, bis sie knapp über dem Fluss schwebte. Sie streckte ihren Fuß nach unten und berührte mit der Schuhspitze das Wasser – das sich daraufhin in glühende, leuchtend rote Lava verwandelte! Ladybug konnte förmlich beobachten, wie sich die Lava Zentimeter um Zentimeter ausbreitete und dabei bedrohlich schnell immer näher auf sie zuwaberte.

Ladybug wechselte die Richtung. Hoffentlich schaffte sie es rechtzeitig ans andere Ufer! Sie konnte die Hitze der näher kommenden Lava bereits in ihrem Nacken spüren.

Wenn Cat Noir nur bei Bewusstsein wäre! Das rettende Stück Land war nur noch wenige Meter entfernt, und sie nahm ein letztes Mal all ihre Kräfte zusammen. Gerade noch rechtzeitig hievte sie Cat Noir hinter sich aus dem Fluss, bevor die Lava das Wasser vollends verdrängte.

Jetzt, wo sie das sichere Ufer erreicht hatten und sie Cat Noirs bewusstlosen Körper vor sich liegen sah, ergriff sie nackte Panik und Verzweiflung. Sie ließ sich zu ihm auf den Boden sinken.

„Cat Noir! Wach auf!“, schrie sie und rüttelte an seinem Körper.

Doch Cat Noir, der sonst so große Töne spuckte, blieb still.

Wie sehr wünschte sie sich nun, er würde die Augen

öffnen und ihr noch einmal einen seiner dummen Sprüche an den Kopf werfen!

Da breitete sich plötzlich ein Schatten über ihnen aus.

„Was ist los mit dir, Ladybug?“, ertönte eine tiefe Stimme, und die unheimliche Gestalt von vorhin schwebte erneut bedrohlich vor ihr herab.

Ladybug, noch immer über Cat Noir gebeugt, sah erschrocken auf. Zum ersten Mal konnte sie einen genaueren Blick auf ihren Gegner werfen: auf die silberne Maske in seinem Gesicht, den eleganten Anzug, den er trug – und die besondere Brosche, die am Kragen prangte. *Ein Miraculous.*

Sie hatte mit ihrem Gefühl richtiggelegen. Das war nicht nur irgendein weiterer Gegner, den Hawk Moth ihnen schickte – es war Hawk Moth selbst, und sein Blick wanderte von Ladybug zum regungslosen Cat Noir.

„Fass ihn bloß nicht an!“, rief Ladybug beschützend.

Ohne darüber nachzudenken, sprang sie auf und stürzte sich auf Hawk Moth. Doch bevor sie ihn erreichen konnte, prallte sie wie an einer unsichtbaren Mauer ab und schwebte bewegungsunfähig wenige Zentimeter vor seinem Gesicht in der Luft.

Hawk Moth stieß ein gehässiges Lachen aus. „Ich kann spüren, wie deine Knochen zittern. Du bist nur ein verängstigtes kleines Mädchen, nicht wahr?"

Das Nächste, was Ladybug bemerkte, war ein sonderbares Gefühl an ihren Ohren, und ohne dass sie etwas dagegen tun konnte, musste sie mit ansehen, wie Hawk Moth ihre Ohrstecker an sich nahm.

Sie keuchte entsetzt auf, als Tikki vor ihrem Gesicht erschien und von ihr wegschwebte, ihre kleinen Ärmchen hilflos nach Ladybug ausgestreckt. Hawk Moth schloss seine Hand um den Kwami, und Ladybug verwandelte sich gegen ihren Willen zurück in Marinette. Hawk Moth funkelte sie ein letztes Mal finster an, dann schleuderte er sie mit einer einzigen Armbewegung von sich.

Marinette landete unsanft auf der Straße. Mit schmerzverzogenem Gesicht blickte sie zu Hawk Moth zurück und musste mit ansehen, wie sich seine Brosche mit ihren Ohrsteckern vereinigte.

Das Aufeinandertreffen der beiden Miraculous erzeugte eine gewaltige Welle schwarzer Akumas, die sich über der Stadt erbrach und ganz Paris in eine dunkle Wolke tauchte. Hawk Moth wurde stärker und stärker. Jetzt, wo er das Ladybug-Miraculous an sich gerissen hatte, fiel sein Blick erneut auf Cat Noir, der von alldem nichts mitzubekommen schien.

Marinette krümmte sich vor Schmerzen. Ihr Atem ging schnell und unkontrolliert, und als sie sah, wie Hawk Moth Cat Noir zu sich in die Luft emporhob, überkam sie eine nie da gewesene Hoffnungslosigkeit.

Marinette war wie erstarrt. Sie wusste nicht, was sie tun sollte. Ohne ihre Ohrstecker, ohne Ladybug, fühlte sie sich machtlos. Tränen stiegen in ihr auf, als ihr bewusst wurde, was sie von Anfang an hätte wissen müssen: Sie war keine Heldin. Auch wenn es sich kurzzeitig gut angefühlt hatte, jemand anders als die langweilige und schüchterne Marinette zu sein, hatte sie letztlich versagt. Sie hatte Cat Noir das Herz gebrochen und sie beide in diese Situation gebracht. Nun gab es keinen Ausweg mehr, keine Chance, alles wiedergutzumachen.

Vor ihrem inneren Auge erschienen mit einem Mal all

die Menschen, die sie so sehr liebte. Ihre Eltern. Alya. Und Tikki! Wie in einem Traum sprach ihr Kwami zu ihr:

„Versteh doch, Ladybug existiert nicht ohne dich. Solange die Liebe in deinem Herzen über die Angst siegt, brauchst du keine Maske, um zu sein, wer du bereits bist."

Und dann war da plötzlich auch Cat Noir, lebendig, als würde er nicht ein paar Meter weiter bewusstlos in den Fängen von Hawk Moth schweben.

Mit deiner Maske rettest du jeden Tag die Welt, doch das Mädchen hinter der Maske hat mein Herz gerettet.

Schlagartig fühlte sich Marinette in die Gegenwart zurückkatapultiert.

Die Worte ihrer Freunde hallten noch in ihrem Kopf nach, wie eine Erinnerung, eine Aufforderung, an sich selbst zu glauben, als sie sich aufrichtete. Es spielte keine Rolle, ob sie Ladybug oder Marinette war – sie musste es wenigstens versuchen.

Angetrieben von einer unbändigen Liebe und Entschlossenheit, sprang sie auf Hawk Moth zu, der genau in diesem Moment im Begriff war, Cat Noirs Ring an sich zu reißen. Doch er kam nicht mehr dazu, denn eine Explosion von unglaublichem Ausmaß schleuderte sie alle drei zu Boden. *Was war das?*

Schmerzen durchfuhren Marinette, als sie sich erneut aufrichtete. Sie hielt Ausschau nach Cat Noir und war erleichtert, als sie ihn in einigen Metern Entfernung entdeckte. Täuschte sie sich, oder hatte er sich gerade bewegt? Dann wanderte ihr Blick zu seinem Gesicht, und sie stellte fest, dass er keine Maske mehr trug – sie musste bei der Explosion abgefallen sein. Das Gesicht kam ihr eigenartig bekannt vor. Dann dämmerte es Marinette plötzlich: Die ganze Zeit über war Cat Noir …

„Adrien?", rief Hawk Moth, und in seinem Tonfall lag eine ähnliche Verwunderung, wie auch Marinette sie in sich spürte. Während sie noch versuchte, die auf sie einprasselnden Gedanken zu sortieren, ging mit Hawk Moth eine ungewöhnliche Verwandlung vor sich. Sein zuvor dunkler Anzug färbte sich plötzlich strahlend weiß und ließ einen Schwarm weißer Schmetterlinge frei. Als sie in den Himmel davonflatterten, gaben sie die Sicht frei auf einen Mann, dessen Gesicht nun keine Maske mehr verdeckte.

Stattdessen war es gezeichnet von tiefstem Schmerz und Traurigkeit.

Marinette traute ihren Augen kaum. Selbst aus der Entfernung erkannte sie, dass es sich bei dem Mann um den erfolgreichsten Modedesigner von Paris, ihr größtes Idol, handelte: Gabriel Agreste.

Zu Marinettes Erleichterung befreite Gabriels Rückverwandlung nicht nur Cat Noir, sondern auch Tikki aus seinen Fängen. Blitzschnell flog der Kwami zurück zu Marinette, die sich daraufhin wieder in Ladybug verwandelte.

Nichtsdestotrotz blieb sie wie erstarrt, als sie Gabriel Agreste und Adrien – seinen Sohn – beobachtete. Adrien hatte tatsächlich seine Augen geöffnet, er war am Leben!

Und er wirkte sichtlich irritiert, als er seinen Vater vor sich erblickte.

„Dad?!“, fragte er verwundert, als er langsam begriff. „Du? All das wegen dir?“

Gabriel begann zu weinen.

„Sieh dich an … Was habe ich nur getan? … Mein kleiner Junge.“

Adrien verstand nicht. „Aber warum?“, fragte er.

Gabriel holte zu einer weitreichenden Erklärung aus: „Ich habe alles versucht, um sie zurückzubringen, mein Sohn … Von dem Moment an, als deine Mutter und ich uns trafen, hatten wir das Gefühl, uns schon ewig zu kennen. Zwei Hälften wurden eins – wir waren alles füreinander. Und dann wurde uns das größte Geschenk zuteil: Du kamst auf die Welt. Wir waren eine Familie. Du und deine Mutter, ihr konntet nie genug voneinander bekommen. Ihr wart unschlagbar! Ich werde nie vergessen, wie sie dich ansah – ich habe noch nie so viel Liebe aus diesen Augen kommen sehen. Sie hat dich so sehr geliebt, Adrien. Zusammen zu sein war alles, was wir brauchten. Wir hatten so viele Pläne für unsere Familie! Aber das Schicksal hat anders entschieden.“

Erneut stiegen Tränen in Gabriels Augen auf.

„Ich hätte derjenige sein sollen, der geht. Du hast deine Mutter mehr gebraucht als mich. Nachdem sie weg war, war ich hilflos. Ich konnte die Traurigkeit in deinen Augen nicht ertragen, Adrien. Als ich von den Miraculous hörte, bin ich um die ganze Welt gereist, um sie in die Hände zu bekommen. Ich hätte alles getan, um deine Mutter zurückzubringen – um sie zu *dir* zurückzubringen. Ich habe mich in dem Versuch verloren, den Tod zu besiegen, ich hätte fast das Wertvollste in meinem Leben verloren! Was für ein Narr ich bin. Jetzt verstehe ich, dass die einzige Macht, die stärker ist als der Tod, die Liebe ist. Ich habe dich enttäuscht, mein Sohn. Und ich weiß nicht, ob du mir jemals verzeihen wirst."

Mit einem Blick auf Adrien, dessen Körper noch immer im Anzug von Cat Noir steckte, fügte er hinzu: „Ich bin stolz auf dich, Adrien."

Adrien, der die ganze Zeit über gebannt zugehört hatte, näherte sich mit glänzenden Augen seinem Vater.

„Du musst sie gehen lassen, Dad", sagte er mit weicher Stimme.

Auch Ladybug stiegen Tränen in die Augen, als sie beobachtete, wie sich Gabriel Agreste und Adrien umarmten.

„Ich habe dich so sehr vermisst, Dad", sagte Adrien.

Einzelne Sonnenstrahlen drangen durch die Wolkendecke und tauchten alles in ein friedliches Licht. Erneut waren weiße Schmetterlinge zu sehen, sie flatterten wie in einem einstudierten Tanz umher und formierten sich zu einer Wolke, in deren Mitte Ladybug plötzlich eine Frau zu erkennen glaubte. Sie hatte blondes Haar und ein strahlendes Lächeln im Gesicht – Ladybug fand sie wunderschön. Doch als sie blinzelte, war die Frau schon wieder verschwunden.

Restaurant

HOTEL
Restaurant

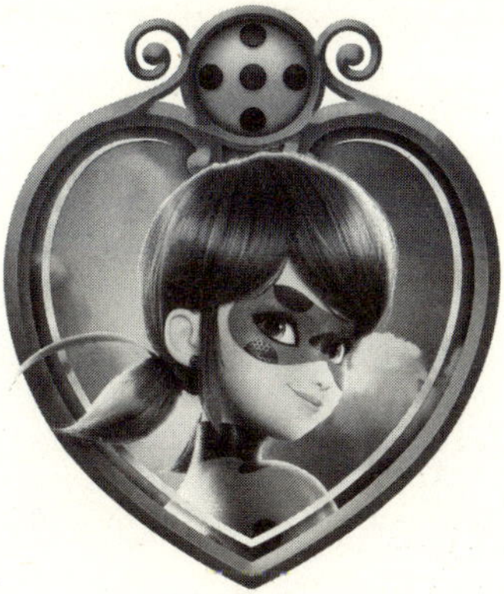

Kapitel 20

Ladybug hatte das Gefühl, dass es an der Zeit war zu gehen. Sie ließ Vater und Sohn allein zurück und schwang sich mit ihrem Jo-Jo davon, vorbei an den zerstörten Häusern und Straßen. Hawk Moth war besiegt, doch Paris lag in Schutt und Asche. Als Ladybug sich auf einem Hausdach niederließ und auf ihre geliebte Stadt hinunterblickte, erfasste sie das ganze Ausmaß der Zerstörung und ihr wurde schwer ums Herz.

„Wir haben so viel Chaos verursacht“, murmelte sie.

Erschöpft sank sie auf die Knie.

„Ein Funke ist alles, was es braucht, um Hoffnung zu entfachen. Lass die Liebe jetzt, wo sie die Angst in deinem Herzen besiegt hat, durchscheinen! Du bist Ladybug, Miraculous der Erschaffung!“, hallte Meister Fus Stimme durch die Luft.

Ladybug hob ihren Kopf. „Ich … ich weiß nicht, was ich tun soll.“

„Denke daran: Wer ein Leben rettet, rettet die Welt. Dein Instinkt hat mein Leben gerettet“, antwortete Meister Fu.

Die Worte erinnerten Marinette an den Tag, an dem sie vor Chloé geflohen war und diesen alten Mann vor den heranrasenden Autos beschützt hatte. Wenig später war sie in den kleinen Laden gestolpert und hatte nicht nur die Ohrstecker, sondern gewissermaßen auch ein neues Leben gefunden.

Während sie darüber nachdachte, wurde ihr schlagartig etwas bewusst:

Sie hatte ein Leben gerettet, bevor sie überhaupt von Ladybug wusste. Als sie einfach nur Marinette war! Tikki hatte recht: Es spielte keine Rolle, ob sie eine Maske trug oder nicht – etwas musste schon vorher in ihr geschlummert haben. Das Miraculous hatte dieses Etwas in ihr lediglich geweckt. Die Erkenntnis setzte eine gewaltige Energie in ihr frei.

Kraft durchströmte ihren Körper, als sie sich erhob und an die Stadt und deren Menschen gewandt verkündete:

„Paris, du brauchst keine Angst mehr zu haben! Der Frieden ist wiederhergestellt. Sollte jemals wieder Dunkelheit über uns hereinbrechen, wird die Macht der Liebe dich immer beschützen!“

Sie wunderte sich über sich selbst, über die Worte aus ihrem Mund. Doch sie wusste, dass sie die Wahrheit sprach. Denn sie würde selbst dafür sorgen – zusammen mit ihrem Partner.

„Ladybug!“, rief ein kleines Mädchen begeistert von der Straße unten.

Aus allen Richtungen kamen Menschen zusammen und versammelten sich in einer riesigen Traube. „Ladybug! Ladybug! Ladybug!“, jubelten sie im Chor, Erleichterung und Bewunderung in ihren Gesichtern.

Auf einmal konnte Ladybug sie deutlich spüren: die

Kraft der Erschaffung. Und dann brach sie aus ihr heraus, wie eine riesige Energiewelle, und verwandelte Paris zurück in das, was es für sie war: die schönste Stadt der Welt.

Restaurant

HOTEL
Restaurant

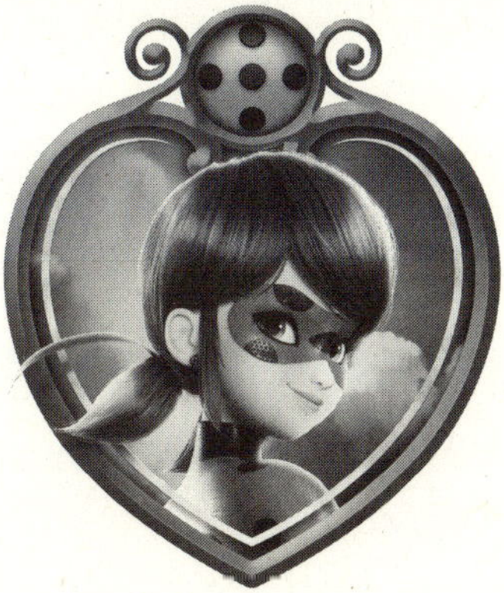

Kapitel 21

Marinette hob den Saum ihres Kleides an, als sie langsam die Treppe zur Großen Halle hinaufstieg. Es war der Tag des großen Schulballs, und mit jeder einzelnen Stufe nahm ihre Aufregung weiter zu. Besiegte Bösewichte hin oder her – ein Teil von ihr würde immer die alte Marinette bleiben, und das war auch völlig okay so.

Bereits von draußen konnte sie gedämpfte Musik und Stimmengemurmel hören. Sie atmete ein letztes Mal die kühle Winterluft ein, dann öffnete sie die Tür.

Sie wusste gar nicht, wo sie zuerst hinsehen sollte, als

sie das Gebäude betrat. Ehrfürchtig ließ sie ihren Blick schweifen: Der festliche Saal wirkte riesig! Marinette erkannte ihre Mitschülerinnen und Mitschüler kaum wieder. Nicht nur wegen der Masken in ihren Gesichtern – es war ein Maskenball –, sondern auch wegen der schicken Kleider und Anzüge, die sie trugen.

Da entdeckte sie inmitten der Menschenmassen ihre Freunde, die ihr aufgeregt winkten.

„Wow, seht euch dieses Kleid an!“, stieß Alya bewundernd aus, als Marinette auf sie zuging.

„Ja, elegant!“, stimmte Nino zu.

Marinette, die als Einzige keine Maske trug, errötete. Sie freute sich, denn sie hatte das Kleid selbst entworfen. Zufrieden sah sie an sich herunter, und ein Lächeln huschte über ihr Gesicht, als sie mit ihren Händen über den weinroten Stoff mit den schwarzen Punkten fuhr.

Dann richtete sie ihren Blick zurück auf ihre Freunde. Auch Alya und Nino sahen schick aus. Doch bevor sie mit den beiden feiern würde, wollte Marinette noch eine wichtige Sache erledigen.

„Habt ihr Adrien gesehen?“, fragte sie.

Alya und Nino warfen sich vielsagende Blicke zu.

„Ja, draußen. Er meinte, er würde sich uns gleich anschließen“, sagte Nino.

Marinette nickte kaum merklich, murmelte ein „Wir sehen uns später“ und schlängelte sich durch die Menschenmassen, auf der Suche nach Adrien. Sie musste unbedingt mit ihm allein sprechen.

„Marinette, ich hoffe, du hast einen schönen Abend, denn nächstes Jahr ist wieder Mobbing angesagt“, sagte eine Stimme neben ihr, und Marinette blickte in Chloés halb verdecktes Gesicht.

Keine Maske dieser Welt konnte Chloés wahres Gesicht verbergen, doch für heute kümmerte sich Marinette nicht darum.

„Du kannst auf mich zählen“, erwiderte sie nur und eilte weiter.

Sie entdeckte Adrien allein draußen auf einem großen Balkon. Er trug einen eleganten, stylischen Anzug – ohne Zweifel eine Kreation von Gabriel Agreste – und starrte mit gesenktem Kopf auf den Ring an seinem Finger.

„Ich vermisse dich so sehr, Ladybug. Die Welt ist friedlich, aber mein Herz ist immer noch in Aufruhr“, murmelte er.

„Cat Noir?“

Irritiert fuhr er auf, und Marinette trat an ihn heran. Als er sie erblickte, wirkte er sichtlich überrascht.

„Marinette?“ Sein Blick wanderte langsam von ihrem Gesicht zu ihrem Kleid herunter.

Ohne ein weiteres Wort nahm sie seine Maske und setzte sie auf ihr eigenes Gesicht.

„Oder du kannst mich Ladybug nennen?“

Es dauerte nicht lange, bis Adrien begriff, und eine Träne rann über seine Wange. Marinette konnte sich nur zu gut vorstellen, was sich in ihm abspielen musste.

Seit sie wusste, dass Cat Noir und Adrien ein und dieselbe Person waren, ergab plötzlich alles einen Sinn: ihre Gefühle für den netten, sympathischen Jungen aus der Bibliothek, der ihr aufgeholfen und ihr das Gefühl gegeben hatte, gesehen zu werden.

Und gleichzeitig die Zerrissenheit, als Cat Noir ihr seine Liebe gestanden und sie in eine Situation gebracht hatte, die sie hatte zweifeln lassen. Fortan musste sie sich nicht mehr zwischen Adrien und Cat Noir entscheiden.

Genauso wie sich Adrien nicht mehr zwischen Ladybug und Marinette entscheiden musste. Was für eine Erleichterung! Träume wurden manchmal wohl doch wahr.

Die Musik und die Geräusche von drinnen schienen zu verstummen, als Marinette und Adrien sich unter den herabtänzelnden Schneeflocken in die Arme fielen und in einem langen, zärtlichen Kuss miteinander verschmolzen.

Gemeinsam waren sie unschlagbar – und glücklich.

HOTEL
Restaurant